DK了不起的女神和女英雄

[英]琼·孟席斯 著
[英]凯蒂·庞德 绘
张宝元 译

目录

引言

女神

- 8　**创世女神**
- 10　帕帕图阿努库的儿子们
- 12　蜘蛛祖母的碗
- 14　瓦瓦拉格姐妹的旅行
- 18　**死亡女神与来世女神**
- 20　多尼塔尔的冥界
- 22　埃列什基伽勒的信使
- 24　**太阳、月亮与天空女神**
- 26　天照大神与天岩护
- 30　嫦娥的长生不老药
- 32　**自然女神**
- 35　塞德娜的变身
- 38　木花开耶姬的分娩
- 40　奥洛昆发动洪水
- 42　**艺术、歌唱与舞蹈女神**
- 44　希亚卡的追寻
- 48　弁财天赐福
- 50　**动物女神**
- 52　白水牛女神的教诲
- 54　达丽的伪装
- 56　**爱情女神与战争女神**
- 58　拯救伊南娜
- 60　哈托尔的另一个自我
- 62　阿娜特的朋友
- 64　**独一无二的女神**
- 66　紫姑归来

魔法生物

- 70　**小仙女与自然精灵**
- 72　里安农的婚礼

76	惠普提·斯托里的谜题
78	**美人鱼与水精灵**
80	被背叛的帕妮亚
82	美露莘的诅咒
84	玛曼·德洛的妖术
86	**女　巫**
88	芭芭雅嘎的家务活
90	美狄亚的魔法
94	**变化身形的精怪**
96	白娘子报恩
100	海豹人的外皮
102	库－钦－达－嘎雅姐妹花

凡　人

108	**世间第一个女人**
111	潘多拉的礼物
114	熊女的耐心
116	**女　王**
118	阿尔刻斯提斯的牺牲
121	德罗波蒂的五个丈夫
124	伊索尔德的哀伤
128	**女战士**
130	花木兰的秘密
134	布伦希尔德的真爱
136	**艺术家、表演者和治疗师**
138	山鲁佐德的故事
143	伊莱恩的信物

关于神话

148	**分享故事**
150	**书籍与卷轴**
152	**女神崇拜**
154	**知识加油站**

致读者

　　本书中的每个故事都存在众多的版本。不同的文化、宗教以及不同的人群看待同一件事的方式可能不尽相同。这些故事中有一些与神灵有关，反映了人们在过去和现在的信仰。随着时间的推移，女性神灵和女英雄的故事也在不断变化，但这些故事都在以独特的方式大放异彩。

从加勒比海的岛屿到日本的山峦，从苏格兰的峡谷到新西兰的海岸，无论你置身何处，生在什么年代，都会在各种文化故事中遇到一些卓越的女性。无论她们是女巫还是战士，女神还是女王，这些女性都在人们口口相传的故事中留下了她们的印记。

　　本书选取了其中一些故事。例如，你将了解到世界各地都存在着美人鱼的传说，而有些女神掌管的领域是如此罕见，以至于其他文化中的人们并不把她们奉为神灵。然而，每一位女神在其所属的文化中都拥有独特的地位。

琼·孟席斯

纵观历史，女性神灵因其在世界的创造和运行中所扮演的重要角色而深受崇拜。在许多宗教中，人们相信女性神灵创造了地球以及世界上林林总总的民族。

　　然而，在接下来的内容中，你会发现女神们扮演着许多不同的角色。从主宰冥界到保护某些动物，这些神通广大的神灵几乎守护着凡尘世间的方方面面。

创世女神

许多宗教文化中都有一位创世女神或母神。这些女性神灵通常与地球本身相关联，负责创造生命。

帕帕图阿努库
Papatūānuku
来自：毛利人

帕帕图阿努库是新西兰毛利人的母神。她代表着大地。当她拒绝与丈夫——天空之神兰吉努伊分开时，他们的儿子强行将他们两人分开了。

盖娅
Gaia
来自：古希腊

盖娅是古希腊神话中的大地女神。她在宇宙巨大的裂缝——混沌中出生，然后诞下了我们熟知的第一代提坦神。

女 娲
Nüwa
来自：中国

女娲是中国的始母神，通常为人首蛇身的形象。她太孤独了，所以用黄泥创造了世上最早的人类。

蜘蛛祖母
Spider grandmother
来自：北美印第安民族

对包括切罗基人在内的北美众多的印第安民族而言，蜘蛛祖母是极其重要的女神。她守护着人类，可以变身为蜘蛛。

瓦瓦拉格姐妹
Wawalag Sisters
来自：澳大利亚原住民神话

在澳大利亚北部，瓦瓦拉格姐妹对许多澳大利亚原住民来说是两位极其重要的女神。她们负责为所有植物和动物命名。

帕帕图阿努库的儿子们

帕帕图阿努库是大地女神，兰吉努伊是天空之神。他们非常相爱，紧紧拥抱在一起，他们之间没有一丝光明。

帕帕图阿努库和兰吉努伊一起生了许多儿子。然而，他们的儿子都厌恶了生活在因父母相拥而带来的无尽黑暗中。除了一个孩子之外，其他人都同意是时候将天父与地母分开了。他们问道："母亲，您可以把父亲送走，让光亮照进世界吗？"

帕帕图阿努库回答道："我太爱兰吉努伊了，无法跟他分开。"她把兰吉努伊抱得更紧一些了。

令大地女神惊讶的是，她的儿子们早已准备了应对之策。

帕帕图阿努库眼睁睁看着"耕作之神"荣嘎·玛·泰恩首先用尽全身力气试着将她和兰吉努伊拉开。不管他多么努力拉扯，都无法让他的父母移动一丝一毫。接着，帕帕图阿努库感觉到"食物之神"豪弥亚·提克提克试图将他们分开，但一切都是徒劳。接下来是"战争之神"图玛陶恩噶，他也没有成功。当帕帕图阿努库看到孩子们一个个都放弃了的时候，她笑了，说道："你们永远也别想把我和你们的父亲分开。"

然而，还有一个儿子等着上场，他就是"森林之神"泰恩·玛胡塔。令帕帕图阿努库感到不安的是，她感觉到泰恩·

玛胡塔正扭动着身子，挤进她和兰吉努伊之间的空隙，并使出他所有的力气向前挪动。一开始，泰恩·玛胡塔似乎会和他的兄弟们一样无功而返，直到他发现可以将头枕在帕帕图阿努库的身体上，脚抵着兰吉努伊庞大的身躯。

泰恩·玛胡塔做了一个顶天立地的伸展动作，他感觉到父母开始分开了。

"泰恩·玛胡塔，我的儿子，快停下来。"帕帕图阿努库尖叫着，"你为何这样伤害你的父母？"

尽管母亲在哭喊，但泰恩·玛胡塔并没有停下来。随着最后一下猛推，他强行分开了天父与地母，此时光亮照进了他们之间的空隙中。

从那天起，尽管帕帕图阿努库非常想念兰吉努伊，但她还是为自己的孩子们提供了一处家园，而兰吉努伊则在遥远的天上守护着他们。

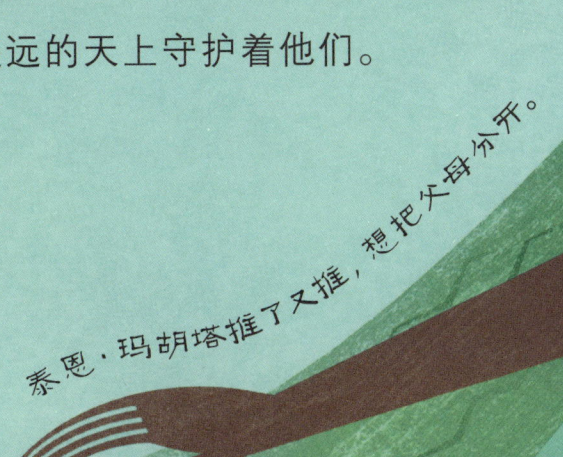

泰恩·玛胡塔推了又推，想把父母分开。

蜘蛛祖母的碗

一天，蜘蛛祖母参加了一场地球生物的聚会，讨论他们身处的世界正面临的一个非常严峻的问题——世界上没有光。

蜘蛛祖母首先发言："没有光，大家总是撞到彼此！"

"生活在地球另一端的那些人有富余的光，但他们太过贪婪，不愿意分享。"狐狸说道，"我们可以从他们那里取一些光，但我们之中谁能做到呢？"

第一个自告奋勇的是负鼠。

负鼠确信自己可以将一点太阳光藏进自己浓密的尾巴里，然后将其带回。然而，当它试着这么做时，因为太阳光温度太高，它的毛被烧焦了。这就是负鼠尾巴上没有毛的原因。

接下来去尝试的是秃鹫。它穿越整个世界，想用头顶着光，盗取一点太阳光回来。然而，它同样也承受不住太阳的高温，阳光灼烧了它头顶上的羽毛。正是从那天起，秃鹫就变秃顶了。

最后，蜘蛛祖母站了出来。它首先拿起一块黏土，将其捏成一个坚固的碗。然后，它从大地上开始织网，一直织到高悬太阳的那棵树上。它体形很小，没有一个人注意到它，于是，它从太阳上舀了一些光到碗里。

然后，蜘蛛祖母一路沿着她织的丝线回了家。

当它归来时，每个人都在庆祝。它们此时不仅可以享受到太阳的光亮，还可以生火了。从那天起，那些与它们一起居住在地球同一端的人的生活被彻底改变了，而这一切都要归功于蜘蛛祖母。

很久以前，有两位女神被人们称作"瓦瓦拉格姐妹"，妹妹名叫博阿莉里，姐姐名叫瓦伊马里维。

姐妹俩带着两只狗一起穿越澳大利亚北部，拜访了各个民族，并为她们发现的各种动物和植物命名。当时瓦伊马里维怀有身孕，她的第一个孩子即将出生。走了好几天后，瓦伊马里维停了下来，她呻吟不止，马上要分娩了。

博阿莉里冲过去帮助她的姐姐。很快，瓦伊马里维就诞下一个哭个不停的幼婴。因为需要照顾新生儿，两姐妹决定先找个舒适的地方暂时住下。她们选择的住处有一个深水坑，供她们饮水，还有许多棕榈树可以遮阳。她们心满意足，铺开床垫，开始生火烹制两只狗帮忙狩猎来的肉。

然而，没过多久，就发生了一件非常奇怪的事情。

她们正在烹煮的沙袋鼠和蜗牛突然复活，从火中站了起来。动物们一个接一个从火中逃离，跑到附近的水坑，两位女神看得目瞪口呆。瓦伊马里维紧紧抱住她的孩子，一脸惊愕地问道："这是怎么回事？"

博阿莉里找到了这场骚动的原因。"有蛇！"她指向地

面,大声喊道,"一定是它闻着婴儿的气味了,我们必须马上逃离!"

但已经来不及逃跑了。此时乌云压顶,天空阴沉了下来,闪电从她们身旁劈过。赶来的蛇不是一条普通的蛇,而是巨大的彩虹蛇——乔伦古尔,正是它召唤了这场风暴。

姐妹两人赶紧把婴儿抱到水潭边,冲洗他的全身。她们希望在洗去婴儿身上的气味后,蛇就会转身离去。然而,乔伦古尔并没有就此作罢。突然,大雨倾盆而下。

两姐妹见这个办法行不通,只好另寻他法。

于是,博阿莉里和瓦伊马里维轮流演唱库纳皮皮的圣歌,并随着音乐翩翩起舞。她们的这次表演在之后成了一种重要的仪式。

这对姐妹用音乐的力量击退了大雨和乌云,天空重新放晴,乔伦古尔也被赶走了。两人精疲力竭,最终与婴儿和狗一起沉沉睡去。然而,她们并不知道乔伦古尔并未走远。就在她们熟睡之际,这条大蛇回到了她们的营地,趁她们还没反应过来的时候,张开血盆大口,一口把他们全都吞了下去。

蚂蚁叮咬所带来的疼痛使乔伦古尔吐出了两姐妹和婴儿，还有她们的狗。

姐妹俩被困在乔伦古尔的肚子里，但这件事情并没有结束。一只小蚂蚁在旁观，它爬上彩虹蛇的长尾巴，狠狠地咬了一口，疼得乔伦古尔将他们全部都吐了出来。于是，所有的人和狗都逃了出来。

乔伦古尔还是很饿，它再次张开了嘴。

这一次，它只吞下两位女神就逃走了。乔伦古尔去找其他同伴，大家相互询问都吃了什么食物。轮到乔伦古尔时，它试图隐瞒自己的所作所为，因为它知道同伴不会赞成它吃下女神，但是同伴们还是问个不停。"好吧，"乔伦古尔大胆地说，"我吃下了瓦瓦拉格姐妹。"

其他的蛇都感到非常震惊，它们知道乔伦古尔这下闯了大祸。它们眼看着乔伦古尔变得越来越虚弱。乔伦古尔说："我容不下她们了。"说完，它再次把两姐妹吐了出来。

最终，两位女神获得了自由，她们毫发无损地回到了孩子身边，继续她们的旅程，因为博阿莉里和瓦伊马里维两姐妹还有许多事情要做。

死亡女神与来世女神

对于人在死后会发生什么，每种宗教都有自己的解释。在某些宗教中存在一处由死亡女神掌管的地界，她守护着逝者的亡灵。

阿塔吉娜
Ataegina
来自：伊比利亚

阿塔吉娜深受生活在今天的西班牙和葡萄牙地区的古代伊比利亚人和凯尔特人的崇拜。她是冥界女神，但也是掌管春天的神。

伊茨帕帕洛特莉
Itzpapalotl
来自：阿兹特克人

伊茨帕帕洛特莉统治着阿兹特克人的天堂——塔摩安禅，那里曾诞生了人类，也是一些人死后的归宿。伊茨帕帕洛特莉是一位带有蝴蝶翅膀的骷髅战士，翅膀上覆盖着由黑曜石制成的刀。

奥雅
Oya
来自：约鲁巴人

奥雅是约鲁巴神话中的一位女神。她掌管着死亡与来世，同时也是西非尼日尔河的女神。

玛曼·布丽奇特
Maman Brigitte
来自：海地

玛曼·布丽奇特是海地伏都教信仰中的一位神，即"洛阿神"。她嫁给了另一位洛阿神——"安息日男爵"，他们两个共同掌管亡灵。

多尼塔尔
Tuonetar
来自：芬兰

多尼塔尔和她的丈夫陀尼一起掌管着芬兰的冥界，即名为"图奥内拉"的地府。她极力保护冥界，竭尽全力阻止任何人离开。

伊莎拉
Ishara
来自：阿卡德和胡里人

伊莎拉掌管着诸多事物，深受不同民族的崇拜，包括古代美索不达米亚的阿卡德人。对古代胡里人而言，她是主宰死亡与疾病的蝎子女神。

埃列什基伽勒
Ereshkigal
来自：阿卡德和苏美尔

在阿卡德以及古代美索不达米亚的苏美尔帝国（位于今天的伊拉克）的宗教中，埃列什基伽勒掌管着冥界。她嫁给了"冥王"内尔伽勒，她的妹妹是女神伊南娜。

多尼塔尔的冥界

多尼塔尔和她的丈夫一起统治着冥界——图奥内拉。有一天，她看见自己的女儿在河里划船。

这条黑暗的、奔流不息的河流将冥界与生人之界划分开来。当她的女儿划船过来时，多尼塔尔注意到女儿的身旁坐着一位令她意想不到的来客。

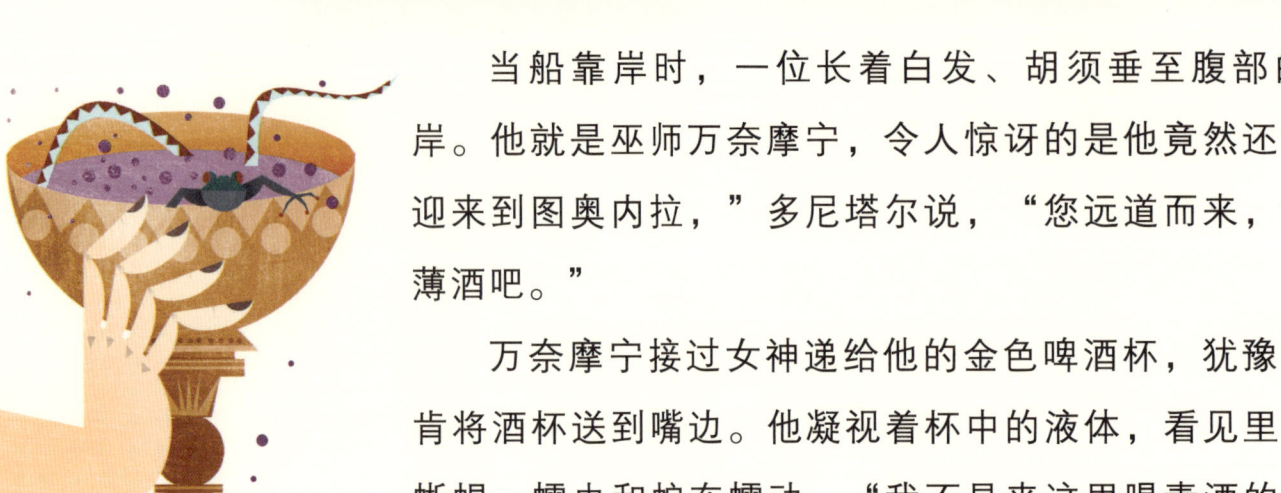

当船靠岸时，一位长着白发、胡须垂至腹部的男子上了岸。他就是巫师万奈摩宁，令人惊讶的是他竟然还活着。"欢迎来到图奥内拉，"多尼塔尔说，"您远道而来，请饮下这杯薄酒吧。"

万奈摩宁接过女神递给他的金色啤酒杯，犹豫了一下，不肯将酒杯送到嘴边。他凝视着杯中的液体，看见里面的青蛙、蜥蜴、蠕虫和蛇在蠕动。"我不是来这里喝毒酒的。"说着，他把杯子递了回去。

"那您到访,有何贵干?"多尼塔尔质问道,一把将杯子摔到了地上。

"我来这里只为了寻找三个被遗忘的魔法单词,只有那些已经逝去了很久的人才记得这三个单词。我需要用魔咒来完成我在生者之地所造的船。"万奈摩宁平静地答道。

"这么看来,您造不完船了,因为没有人能离开图奥内拉。"多尼塔尔回答。

接着,她念了几句魔咒,这位巫师便沉沉睡去了。

当万奈摩宁还在沉睡时,多尼塔尔嘱咐她的儿子在河面上织一张细细的铜网,以防他们的客人离开,无论这些客人是死是活。

然而,当万奈摩宁醒过来时,他并没有被吓倒,因为他也懂魔法。随着几声低语,他把自己变成了一条小蛇。化身为蛇的他滑过了铜网的洞眼,再次回到了河对岸的安全地带。

尽管如此,这位巫师还是从中吸取了教训。从那时起,他会告诉他所遇到的每一个人,如果他们不想留在冥界,就永远别去图奥内拉冒险。

万奈摩宁化身成一条蛇,从网中逃了出来。

埃列什基伽勒的信使

　　一天，众神之王安努决定为天界的神灵举办一场豪华的宴会。他想邀请所有神参加，但遗憾的是，女神埃列什基伽勒无法出席。

　　埃列什基伽勒是冥界的主宰，自然无法前往生人之地。所以，安努邀请埃列什基伽勒派一位信使替她出席，信使还可以为她带回一件礼物。埃列什基伽勒决定派她最器重的顾问——维齐尔纳姆塔去赴约。

　　当纳姆塔抵达宴会现场时，他受到了在场众多男神和女神的欢迎。

　　神灵一一向重臣纳姆塔鞠躬，以示他们对埃列什基伽勒的尊敬。但有一位除外，就是男神内尔伽勒。他认为纳姆塔无足轻重，没有资格得到他的尊敬。

　　当纳姆塔回来后，女神埃列什基伽勒问他，在他出访期间众神都如何待他。"除了一位之外，其他神灵都毕恭毕敬。"纳姆塔告诉她。

"谁敢对我的重臣不敬？"埃列什基伽勒质问道，"把这些人带到我这里来接受惩罚。"

于是，纳姆塔回到生人之地，替埃列什基伽勒捉拿内尔伽勒，将他带回冥界。

内尔伽勒担心自己性命不保，他预料到冥界女神想要报复，所以他做好了背水一战的准备。冥王殿的门一打开，他便扑了上去，将女神击倒在地。"请不要杀我！"埃列什基伽勒惊声大叫，此时她与内尔伽勒四目相对。

内尔伽勒看见埃列什基伽勒的神情，他的眼泪夺眶而出，顺着脸颊滚落。内尔伽勒对她说："我也不想死。"埃列什基伽勒提议："那不如我们讲和吧。你娶我为妻，然后一年中陪我在冥界待半年的时间。"她一个人统治冥界很孤独。

内尔伽勒也想不出比这更好的提议，他们两个很快就结婚了，每年有半年时间幸福地生活在一起。

内尔伽勒把埃列什基伽勒打倒在地。

少 勒	天照大神	天钿女命
Saule	Amaterasu	Ame-no-Uzume
来自：波罗的海	来自：日本	来自：日本

太阳、月亮与天空女神

太阳和月亮运行的周期决定着一年中的天数与月份。在众多文化中，人们相信日月星辰的运动由穿梭在天空中的女神掌控。

少勒是波罗的海神话中的太阳女神。她嫁给了月神梅内斯，晚上睡在湖底。

天照大神是日本神道教中的太阳女神，同时她也被视为天界的主宰之一。

在日本神道教中，天钿女命是黎明和艺术女神，她尤其擅长舞蹈和娱乐。

乌莎斯
Ushas
来自：印度

卢娜
Luna
来自：古罗马

嫦娥
Chang'e
来自：中国

乌莎斯是印度教中的黎明女神。她乘坐一辆金色的战车穿过天空，维持着整个宇宙的秩序。

卢娜是古罗马的月亮女神。每到傍晚太阳落山后，她驾着由一对马或公牛拉动的战车穿过天空。

嫦娥是中国的月亮女神。她出生时是凡人，后来喝下了长生不老药，在天界居住。

25

　　天照大神既是太阳女神，也是天界的主宰。她恪尽职守，以确保天界的事务顺利开展。

　　然而，天照大神的弟弟却时常惹是生非。他叫须佐之男，是风暴之神。由于他行事野蛮，所以众神不许他与姐姐一起掌管世界，这却让他变本加厉，更加肆意妄为。

　　当天照大神划分稻田时，须佐之男拆毁了她修建的篱笆。当稻谷成熟准备收割时，他又放马践踏她的庄稼。

　　特别是有一天，须佐之男决定趁姐姐在神圣的纺织殿干活，给她一个"惊喜"。

　　须佐之男用力敲打天花板，很快就敲出了一个大洞。他把当天早些时候杀死的一匹马猛地扔了进去。马的尸体摔落在天照大神身旁，她惊恐地从椅子上跳了起来。慌乱之中，女神的手被织布机割伤了。天照大神大喊着："简直忍无可忍了！"她抬起头，看到她的弟弟在一旁哈哈大笑。

　　女神怒气冲冲地跑出了大厅，来到附近的一个山洞。然后，她用一块石头挡住洞口，把自己关在山洞里了。太阳光就从世界上消失了。

没有了天照大神，世间陷入了黑暗。白天和黑夜没有区别，庄稼也停止了生长。诸神因须佐之男的所作所为而大发雷霆。他们也无法忍受永远生活在黑暗之中，所以急于把天照大神找回来。于是，他们制订了一个计划。

首先，众神收集了无数珍宝，把它们串联在一起，挂在天照大神所在洞穴外的树上。然后，他们把一面巨大的镜子挂在树枝上。最后，"黎明女神"天钿女命点燃了噼啪作响的火堆，开始在树旁跳舞。她边吟边唱，逗得其他诸神哈哈大笑，大声鼓掌。

众神的欢笑连藏在洞穴深处的天照大神都听到了。

天照大神自问："我带走了世界的光明，除光明之外，还有什么能让他们如此欢愉呢？"好奇心驱使她将洞穴的石门推开了一条缝，偷偷往外瞧。她惊讶地看到镜中的自己正端详着自己，而太阳的光芒照在珠宝上闪闪发光，令她目眩神迷。诸神趁机迅速抓住她的手，把她从洞穴里拽了出来。

诸神见到天照大神，他们恳求她不要再回到山洞里去。"我们需要你和我们在一起，天照大神。"诸神向她保证，"须佐之男一定会受到惩罚。"

众神决定，把须佐之男未来在凡间得到的一千件贡品献给他的姐姐天照大神。这个条件安抚了女神，于是她同意离开山洞，让光明回到世间。

天钿女命纵情舞蹈，
逗得众神哈哈大笑。

嫦娥的长生不老药

羿张弓搭箭,瞄准太阳,将九个太阳一个接一个从空中射落。

很久以前,有一位女子名叫嫦娥,她嫁给了一位名叫羿的射箭高手。一切都很好,直到有一天,天空中升起了十个太阳。

太阳的酷热让人难以忍受,所有的生命都面临威胁。必须有人采取行动了!

正是羿挺身而出,他抓起弓,走到酷热的户外。接着,他仔细瞄准目标,放出了一支箭。

这一箭直接把其中一个太阳从天空中击落了。

接着,羿又射落了八个太阳,天上只留下了一个太阳,剩下的这个太阳继续为大地提供足够的光和热。西王母非常欣赏羿的射击本领,决定把一件无价之宝——长生不老药赏赐给他,这药可以使羿飞天成仙,永生不死。

然而，羿一心爱着嫦娥，如果他要想长生不老，就得抛下妻子，这是他不愿做的事。于是，羿和嫦娥一起把长生不老药藏了起来，继续着他们的生活。

但是，除了羿和嫦娥，还有其他人知道长生不老药。

羿的徒弟逢蒙看到羿获得了长生不老药，他是一个贪婪之人，一心想把西王母的赏赐占为己有。终于有一天，他等到羿外出打猎时，突然出现在嫦娥面前。"把长生不老药给我！"他要求道，并威逼嫦娥，如果她不把长生不老药交出来，他就会对嫦娥动粗。嫦娥深知逢蒙是个怎样的人，如果他真的长生不老了，后果简直不堪设想。眼下只有一个办法。

嫦娥取出藏起来的长生不老药并自己喝了下去。药效立竿见影，嫦娥马上飘飘悠悠飞上了天，一直飞到了月宫，并在那里安了家。

虽然与丈夫分别令嫦娥很伤心，但她知道自己做了正确的事。尽管她被迫离开了羿，但她从邪恶的人手中拯救了世界。

嫦娥不但长生不老，还飞到了天宫，成了月亮女神。

自然女神

从波涛汹涌的海洋到骤然喷发的火山，众人的生活无不受到不断变化的自然世界的影响。人们通常认为是女神和她们的性格脾气控制着这些自然事件。

玛丽
Mari
来自：巴斯克人

玛丽是欧洲西南部巴斯克人的女神，她掌管生活的方方面面，其中包括天气，她能引发猛烈的风暴。

妈祖
Mazu
来自：中国

妈祖，中国的海洋女神，尤其受到出海船员的敬奉，他们求妈祖保佑一路顺风，收获颇丰。

塞德娜
Sedna
来自：因纽特人

塞德娜是因纽特人的海洋女神，也是冥界的统治者，她生活在海底。

玛惠卡
Mahuika
来自：毛利人

玛惠卡是新西兰毛利人的火神。她将火的秘密交给英雄毛伊，让他与人类分享。

木花开耶姬
Konohana
来自：日本

木花开耶姬是日本的火山女神，特别是日本最高的火山——富士山，她负责阻止火山喷发。

佩莱
Pele
来自：夏威夷

佩莱是夏威夷掌管火和火山的女神，她对夏威夷群岛上的原住民而言尤为重要，因为世界上最为活跃的两座火山就在夏威夷群岛上。

奥洛昆
Olokun
来自：约鲁巴人

奥洛昆是西非约鲁巴人的神灵，也可以说是女神。她掌管世间所有的水，据说她会为其崇拜者带来巨大的财富。

塞德娜的变身

　　塞德娜和父亲一起生活在宁静的海边，他们以捕鱼为生。从塞德娜记事起，家里就只有自己和父亲相依为命。

　　塞德娜长大成人后，开始有男子上门提亲，请求塞德娜嫁给他。但塞德娜的回答始终如一，"不，我不会嫁给你。"她告诉这些男人。

　　这种情形持续了很久，直到水面上的冰开始破裂，春天的脚步临近。随着春天一起到来的还有一群暴风鹱，它们是信天翁的表亲，每年这个时候都会经过塞德娜的家。然而，今年的情况发生了一点变化。

　　暴风鹱的首领一直关注着塞德娜，他打算今年向她求婚。

　　塞德娜正站在岸边，看鸟儿飞过，暴风鹱俯冲而下，落到岸边。他说："塞德娜，来到鸟之国并嫁给我吧。我的帐篷由上好的皮毛制成，你会睡在最柔软的海豹皮上。"

　　相比此前其他人的求婚，暴风鹱的求婚最令塞德娜心动，最终她同意嫁给暴风鹱。于是，她告别了父亲，爬上新婚丈夫的背，与他一起飞过大海，回到鸟的国度。

塞德娜在暴风鹱的帐篷里瑟瑟发抖。

但当他们到达后，塞德娜才发现新家跟自己先前想象的完全不一样。帐篷不是用厚厚的动物皮毛制成的，而是用鱼皮制成的，鱼皮上全是洞，雪和雨水会漏进来。曾许诺她的柔软的海豹皮毛也不见踪影。相反，她的床是用滑溜溜的鲸脂做成的。塞德娜感到自己很悲惨。

塞德娜在鸟之国待了整整一年，她每天都哭着吵着要回家，但她的新婚丈夫拒绝放她回去。幸运的是，塞德娜的父亲决定渡海来看望她。

塞德娜的父亲到来时，对女儿过的生活感到非常震惊。

塞德娜的父亲要求女儿的丈夫允许女儿跟他回家，但是暴风鹱再次拒绝了。塞德娜的父亲被激怒了，他纵身一跃，杀死了这只鸟，然后迅速拉着女儿登上自己的船。

父女俩开始了漫长的回家之旅，但其他暴风鹱很快就发现了首领的遭遇。愤怒的鹱鸟追赶着父女俩的小船，并合力拍打翅膀掀起一场巨大的风暴。小船被狂风吹得左摇右晃，海浪冲击着这对父女，让他们喘不过气来。

塞德娜的父亲开始惊慌失措。"这都是你的错！"他冲着女儿吼道，却忘了他才是杀死暴风鹱的人，"如果我把你还给它们，它们就会放我一条生路。"

塞德娜还没来得及阻止，便被她的父亲拦腰提起来，从船舷上扔了下去。然而，她的双手紧紧地抓着船舷。"放手！"她的父亲大喊，但她死活不肯松手。

令塞德娜惊愕的是，她的父亲竟然从包里掏出了刀，朝她的手指砍去。

被切断的指尖掉进了海里，一个接一个变形了。前五个指尖变成了优雅的海豹，后五个变成了体形庞大的鲸鱼。就在这时，塞德娜再也坚持不住了，海水将她吞没了。

在下沉的过程中，塞德娜的身体也发生了变化。她的腰部以下长出了鱼尾，而且她能在水下呼吸了。她游到海洋深处，发现自己终于摆脱了丈夫和父亲的束缚。于是，塞德娜留在了海底，成了海洋女神。

木花开耶姬的分娩

木花开耶姬是火山女神,她最喜欢富士山。她强大而美丽,但性子刚烈。

一天下午,木花开耶姬沿着海滩散步,她吹着海风,感受着细沙从趾缝间流走,这时她遇到了一位年轻的神。他名叫琼琼杵尊,是太阳女神天照大神的孙子。

琼琼杵尊一下子就被木花开耶姬的美貌所吸引,立即开口向她求婚。木花开耶姬告诉他:"我愿意嫁给你,但你得先征得我父亲大山津见神的同意。"

于是,琼琼杵尊求见大山津见神,并请他把女儿许配给自己。大山津见神认为琼琼杵尊是个不错的对象,就告诉他,自己的两个女儿任由他挑选。琼琼杵尊当然选择木花开耶姬,就这样,他们结了婚。

第二天,木花开耶姬就有了好消息。

她说:"我怀孕了。"

"绝对不可能!"琼琼杵尊惊呼,"我们结婚才一晚,这个孩子不可能是我的。"

新婚丈夫的话深深伤害了木花开耶姬。她站

在那里，感觉怒火在体内生长，如同火山即将爆发。她挥了挥手，凭空从稀薄的空气中变出一间无门的小屋，瞬间移到了屋内。她大声喊道："如果我腹中怀的是太阳女神的曾孙，他们就不会为火所伤。如果不是，那他们必将惨死。"

顷刻间，小屋燃起了熊熊大火。在小屋里，木花开耶姬开始分娩，她独自一人生下了三名男婴。

她分别给他们取名为火照神、火须势理神和火远理神，火焰中的三个孩子都毫发无伤。当木花开耶姬从小屋的灰烬中走出来时，她证明了自己的忠诚，而琼琼杵尊为自己怀疑妻子而感到羞愧。

木花开耶姬所在的小屋被烧成了灰烬。

奥洛昆发动洪水

海洋女神奥洛昆一度是唯一一位生活在人间的神。天空之神、人类的创造者——奥巴塔拉等其余众神都居住在天上。

忽然有一天，无数神灵突然从天而降，开始瓜分世间的土地。这惹恼了奥洛昆，她质问他们究竟发生什么事了。

其中一位神解释道："奥巴塔拉告诉我们，为了统治在人间生活的人类，我们可以各自占领一部分土地。"

奥洛昆埋怨道："奥巴塔拉从来没有征求过我的意见，他怎敢背着我做这种决定。"

奥洛昆决定用行动给奥巴塔拉点颜色瞧瞧。满腔怒火的她，让海水不断上涨。海浪猛烈冲击着陆地，淹没了陆地上的房屋，毁坏了人们种的庄

奥洛昆让大片大片的海水涌向陆地。

稼。奥洛昆心想："这样他们就会明白了。"

当奥巴塔拉得知奥洛昆的所作所为后，感到非常震惊，因为他深爱着他创造的子民。然而，奥洛昆是一位强大的女神，他不想让情况变得更糟。奥巴塔拉决定向"智慧之神"奥伦米拉寻求建议。"奥巴塔拉，别担心，"奥伦米拉说，"我将前往凡间，扭转奥洛昆所引发的潮汐。"

于是，奥伦米拉下凡来到人间，用他的神通平息了翻涌的海洋。

海水很快退去，大地再次变得干涸。奥洛昆被激怒了，但也无能为力。如果她再发动一次洪水，奥伦米拉肯定还会破坏她的行动。这样看来，至少这一次，她似乎被打败了。现在除了生闷气，奥洛昆什么也做不了。

奥伦米拉平息了海浪，击退了洪水。

埃拉托
Erato
来自：古希腊

希亚卡
Hi'iaka
来自：夏威夷

布里吉德
Brigid
来自：爱尔兰

埃拉托是古希腊与罗马神话的九位缪斯女神中的一位。缪斯女神启发凡人创作不同形式的艺术。其中，埃拉托掌管爱情诗。

希亚卡是夏威夷首位表演具有仪式性质的草裙舞的女神。正因如此，她成了草裙舞女神，以及草裙舞者的女神。

图阿萨·代·达南是爱尔兰早期古老的神族，布里吉德是其中的一位女神。她是诗歌等各种事物的女神，也是一位专业的乳制品加工者和酿酒师。

艺术、歌唱与舞蹈女神

无论诗歌还是舞蹈，编织抑或是讲故事，一直以来人们总是希冀他们的艺术能获得神明的青睐。人们尤其希望神灵赐予他们新的灵感。

厄苏里

Erzulie Fréda

来自：海地

厄苏里是海地伏都教中的女神，即"洛阿神"。她与众多不同的事物都有联系，其中包括爱情、美、舞蹈和珠宝。

弁财天

Benzaiten

来自：日本

弁财天是日本的幸运、口才与艺术女神。她是日本民间七福神之一，还能化身为龙。

萨拉斯瓦蒂

Saraswati

来自：印度

萨拉斯瓦蒂是印度教三女神之一，三女神是一个重要的神灵群体。萨拉斯瓦蒂是音乐女神，常以演奏维纳琴的形象示人。

43

希亚卡的追寻

"舞蹈女神"希亚卡和她的伙伴——一位名叫霍波婀的女子——一同住在夏威夷岛上的一片森林里,林中多是开着明艳红花的桃金娘树。

霍波婀精通一种古老的草裙舞,希亚卡非常喜欢她。希亚卡每天都钓鱼、唱歌,并向霍波婀学习草裙舞的优美舞姿。总之,她们过着幸福的生活。

然而,忽然有一天,希亚卡听到了她的姐姐——"火之女神"佩莱的召唤。她的姐姐住在基拉韦厄火山。希亚卡知道,如果不理自己强大的姐姐就会有麻烦,于是她出发前往冒着烟的火山深处,留下霍波婀看守她们的家园。"欢迎妹妹,"佩莱前来迎接希亚卡,"我有个任务要交给你。我在梦中遇到了心仪的情郎,他名叫洛希奥。但我无法离开我的火山,所以我希望他能来我这里。你去帮我把他找来,但你要在四十天内赶回来。"

"当然没问题，"希亚卡回答道，"但你必须答应我，在我离开期间，你要保护霍波婀和我们生活的森林。不要放火烧我的心爱之物。"她知道佩莱有多容易动怒。

佩莱答应了这个条件，希亚卡启程前往洛希奥所在的考爱岛，开始了漫长而艰难的旅程。

在希亚卡离开之前，佩莱送了一条裙子给她。这条用蕨类植物织成的裙子是由蕨类植物女神帕沃-帕莱亲手制作的，拥有闪电的力量，在路上可以保护她。实际上，当帕沃-帕莱听说了希亚卡的旅程后就决定跟她一起去，于是她们两人一同出发了。

希亚卡前往基拉韦厄火山，她的姐姐佩莱就住在那里。

希亚卡和帕沃-帕莱走着走着，穿过了一片森林，恶魔帕纳埃瓦就藏在那里。帕纳埃瓦是半兽人，一半是爬行动物一半是人，他可以随意变化成动物和人的样子。他每天都埋伏在那里，希望可以一口吞下毫无防备的行人。

当帕纳埃瓦发现两位女神时，他降下浓雾和大雨，让她们看不清路。接着，他又放出无数邪恶的小精灵将她们团团围住，并把她们绊倒。

不过，希亚卡早就做好了应对这种事情的准备。

希亚卡撩起她那施了魔法的裙子，用蕨类植物拨开迷雾，看清了路。她又继续抖动裙摆，制造出闪电，闪电击退了雨水和精灵。眼前的道路逐渐清晰，希亚卡和帕沃-帕莱开始奔跑，虽然跑得上气不接下气，但她们成功逃出了森林。

然而，希亚卡和帕沃-帕莱在前往考爱岛的路途中，遇到的危险远不止这些，因此整趟旅程比她们预想的漫长很多。最终，当希亚卡抵达洛希奥的家园时，佩莱给她定的四十天期限早已过去。

希亚卡杳无音讯，于是佩莱开始担心妹妹已经跟自己看上的男子私奔了。

佩莱怒火中烧，大发雷霆，炽热的岩浆从她的火山之家流淌而下。

熔化的岩浆从基拉韦厄火山喷出，摧毁了它途经的一切事物，包括希亚卡的森林家园。最终，佩莱的怒火找上了霍波婀，她惊恐地跑向附近的海岸。熔岩围住了她，将她包裹起来。在火山女神停止肆虐时，霍波婀已经变成了一块巨大的石头。

尽管佩莱心生猜忌，但希亚卡最终还是和洛希奥一起回来了。当希亚卡发现自己的家园和霍波婀的遭遇时，她悲痛欲绝。希亚卡虔诚地坐在巨石旁，巨石在风中摇晃，仿佛在跳舞一般。

弁财天赐福

女神弁财天掌管诸多领域，她有八只手臂，神通广大。她甚至可以嗖的一下变成一条龙。

弁财天照拂凡人中的艺术家和战士，他们中有许多人会从各地赶来参拜她的神社。在广阔的琵琶湖中央赫然耸立着一座闪闪发光的水晶岛，弁财天的神社就建在这座岛上，因此而闻名全国。

有一天，一名男子来到了神社，他叫平经正。弁财天从未见过此人。

平经正是一位武士，经常在战场上奋勇杀敌。

平经正希望得到女神的眷顾，在战场上庇佑他。一进入神社，他便高声说："神圣的女神，武士的保护者，请赐予我对未来的希望。"

弁财天被武士的话所打动。她兴奋地继续观察着武士，侍奉她的僧侣为这位陌生人带来了一把琵琶，这是一种类似于鲁特琴的

弁财天化身成一条瑰丽的白龙现身。

弦乐器，因为弁财天独爱音乐，胜过一切。平经正拿起琵琶，开始弹奏弁财天的秘密曲目。平经正弹奏琵琶的技艺无与伦比，当他的手指在拨弄琴弦时，弁财天情不自禁地随着音乐摇晃了起来。

最终，平经正的演奏感动了弁财天，她化身成一条美丽的白龙出现在平经正的眼前。

平经正一看见女神现身，就哭了起来。"这是否意味着您接受了我的祈求呢？"他哽咽着说，大喜过望。弁财天只是颔首作答，但平经正知道自己已经得到了女神的祝福。从那天起，他确信他能击败所有的敌人，他的部下也会平安无事。

平经正开始为弁财天弹奏琵琶。

动物女神

动物一直与人类相伴。有些动物为人所食，有些动物受人尊崇，还有一些动物因太过凶猛，让人难以接近。但在许多文化中，它们也受到女性神灵的庇护。

白水牛女神
White buffalo calf woman
来自：北美印第安民族

白水牛女神是北美洲的一位女神，对拉科塔人尤为重要。她教会他们神圣的仪式，并让水牛重新回到土地上。

梅黛娜
Medeina
来自：立陶宛

梅黛娜是立陶宛的树木和动物女神。她也是一位终身未婚的女猎人，与狼群一同生活在森林之中。

达 丽
Dali
来自：格鲁吉亚

达丽是格鲁吉亚的狩猎和山地动物女神，她守护着鹿和野山羊。她用自己金色的长发绑住贪婪的猎人，然后把他们吊在悬崖上。

恩加努·莱玛
Nganu Leima
来自：梅泰人

恩加努·莱玛在梅泰人的文化中是鸭子及其他水禽的女神。她与自家的两个姐妹共侍一个人类丈夫。梅泰人生活在印度东北部。

厄波娜
Epona
来自：凯尔特

厄波娜是凯尔特人守护马、驴和小马驹的女神。在不列颠和高卢（古代的法国区域）以及古罗马，她都备受崇拜。罗马人甚至会在十二月时以她名义举行节日庆典。

51

白水牛女神的教诲

有一天，两个年轻人外出打猎。在爬山途中，一个陌生的身影出现在他们面前，他们因此停下了脚步。

他们二人看到一位美丽的少女身穿鹿皮服装，双脚离地，朝他们飘来，这让他们感到十分惊奇。其中一位较为傲慢的男子没有征得这位女子的同意，就伸手去触碰她。

就在这时，天空划过一道白色的闪电。

另一位男子还没反应过来发生了什么，刚才同伴站的地方就只剩下一堆灰烬了。"回到你的家园，告诉你们的首领做好迎接我的准备。"女人对这位男子说。

这位年轻的猎人点了点头，赶忙回去报信，把刚才发生的事告诉了他的族人和酋长——"不倒空角"。

众人听闻，立即为这位女子的到来做准备。

四天四夜后，那位女子如约而至，双手抱着一个包袱。酋长"不倒空角"恭敬地出门迎接，邀请她一起进屋。女子很满意"不倒空角"的做法，从她的包袱中取出一支"查努巴"，即"神圣烟斗"，她说："我来这里是为了向你们传授七种仪式，学会这些仪式，你们就会尊重自然的循环。"

女子教他们如何使用神圣烟斗，并分别向他们演示了七种仪式，在场的每一个人都听得很仔细。

当他们学会了她所传授的全部内容后，女子心满意足，又要准备踏上旅途了。然而在她消失之前，她停下了脚步，在地上打起滚来。每滚动一圈，她就变身一次：首先，她变成了一头黑色的水牛，然后是一头棕色的水牛，再是一头红色的水牛。最后一次滚动后，她变成了一头华丽的白色水牛。

从那时起，从吃的肉到穿的衣服，猎人和他的族人可以从水牛身上得到他们所需的一切。但他们从不过分索取，因为他们记着自己在自然循环中所扮演的角色。

这位女子在地上打滚，把自己变成了一头白色水牛。

达丽的伪装

达丽是一位住在高山上的女神。她照看着家里长有蹄子的动物，其中包括野山羊和鹿。

这位女神还怀着身孕，有一天醒来后，她发现自己即将分娩。她独自一人在山崖边安顿下来，生下了一个哭个不停的小婴儿。

生产之后的达丽筋疲力尽，婴儿不慎从她的手中滑落，从悬崖上滚了下去。更令她惊恐的是，山脚下有一头体形庞大的狼正虎视眈眈，等着张嘴咬住婴儿。

幸运的是，一个名叫梅皮萨的猎人撞见了这一幕。他没有多想就直接采取行动，举起步枪朝狼开了一枪。

这声巨响把狼吓坏了，它丢下孩子仓皇而逃，梅皮萨用双手接住了孩子。

"是你救了我的孩子，"达丽女神哭泣着，"请允许我用一件礼物来报答你的恩情。请从这三份礼物中选一样：每天收到一只小山羊；或者每年九月都能得到九头大牛角羊；再或者，你可以和我一起生活。"

当时，牛角羊是一种只存在于高加索山脉的山羊，非常受欢迎，而梅皮萨有机会得到这么多牛角羊，当然立马答应。"多谢女神，"梅皮萨回答道，"我愿意接受您每年九头牛角羊的馈赠。"

当九月来临时，达丽如约将一大群牛角羊送给了梅皮萨。因为好奇，女神想再见这位猎人一面，于是，她决定将自己伪装成一只长着金角的山羊跟在羊群后面。然而，梅皮萨并没有意识到金色的羊角意味着什么，他天真地朝达丽开了一枪。

子弹在空中呼啸而过，从达丽的羊角上弹了回来，直接击中了梅皮萨，要了他的命。梅皮萨的生命就这样悲惨地结束了，只有达丽和她尚在襁褓中的孩子记住了他的英勇。

子弹从达丽的犄角上弹开，反射向梅皮萨。

自从人们开始崇拜神灵以来，就一直在爱情和战争上祈求神灵的帮助。虽然这两件事看起来截然不同，但有时也由同一位女神来掌管。

爱情女神与战争女神

摩莉甘
The Morrigán
来自：爱尔兰

摩莉甘是爱尔兰传说中的一位女神，经常在战场上出现，预示着战士的厄运。有时她以一名女性的形象现身，有时又以三个不同的女性形象出现，她还能变成渡鸦。

伊南娜
Inanna
来自：阿卡德和苏美尔

苏美尔帝国和阿卡德帝国都位于古代美索不达米亚地区。在苏美尔宗教中，伊南娜既是爱神、战神，还是天后。她也是阿卡德人所崇奉的伊施塔女神。

芙蕾雅
Freya
来自：北欧

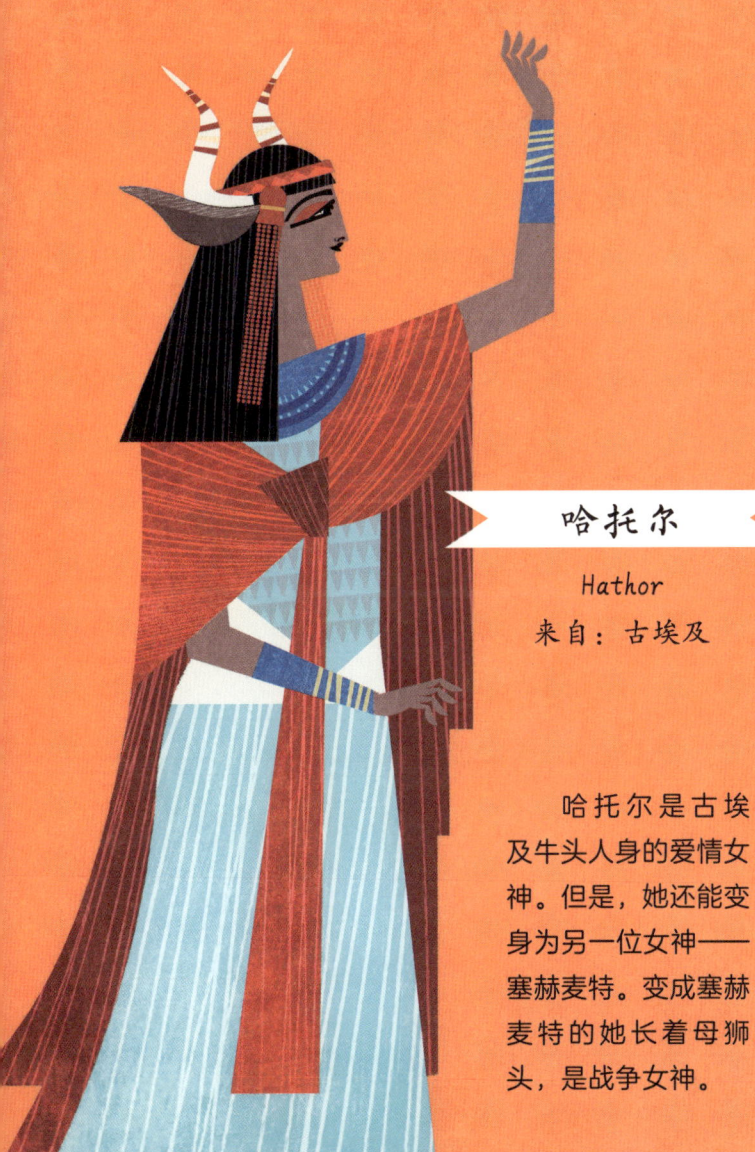

芙蕾雅是北欧神话中掌管爱情和死亡的女神。那些战场上牺牲的英勇战士有一半被她接去了死后的世界。她的战车由两只猫拉动，她还有一件可以让她飞起来的鹰羽斗篷。

阿娜特
Anat
来自：亚摩利和古埃及

哈托尔
Hathor
来自：古埃及

哈托尔是古埃及牛头人身的爱情女神。但是，她还能变身为另一位女神——塞赫麦特。变成塞赫麦特的她长着母狮头，是战争女神。

阿娜特是战争和狩猎女神，早在4000多年前就受到古叙利亚的亚摩利人崇拜。在拉美西斯二世统治时期，古埃及对她的崇拜也开始兴起。

57

拯救伊南娜

　　伊南娜是一位强大的女神，主宰爱情和战争。然而，令她十分不悦的是，尽管她拥有强大的法力，却不能前往冥界。

　　除了她的姐姐——"冥界女神"埃列什基伽勒的使者之外，没有人能在进入黑暗的冥界深处后还能活着离开。但这并没有让伊南娜望而却步，她决定无论如何都要去一趟冥界。

　　伊南娜走到冥界的第一道门前，喊道："如果你们不放我进去，我就把门砸开。"于是，守门人打开了大门，但他解释说伊南娜必须摘下她的王冠。

　　冥界共有七道大门。伊南娜就这样穿过了冥界一道又一道的大门，每进入一道门，她都被迫丢弃自己的一件珠宝，最终来到了埃列什基伽勒的宫殿前。

　　埃列什基伽勒看到伊南娜时怒不可遏："我的妹妹，你永远也别想离开冥界了。"埃列什基伽勒让伊南娜陷入了沉睡。

伊南娜被困在冥界，爱就从世间消失了。

事已至此，"智慧之神"恩基非常沮丧。没有了伊南娜，动物会停止繁衍，凡人也不再生育后代。于是，恩基心生一计。首先，他创造了一个美人，名叫阿苏–舒–纳米尔，令她去解救伊南娜。恩基说："阿苏–舒–纳米尔，去冥界，念出伟大的众神的名字。一旦你这样做，埃列什基伽勒将满足你的一切要求，包括生命之水。"

阿苏–舒–纳米尔领命来到冥界，念出了众神的名字，埃列什基伽勒很沮丧，但也无能为力。当阿苏–舒–纳米尔索要生命之水时，埃列什基伽勒不得不将其交给她。

然后，阿苏–舒–纳米尔将生命之水洒在伊南娜一动不动的身体上，把她从沉睡中唤醒。两人一起穿过七道门，重新回到了生者之地，再次把爱带回了人间。

埃列什基伽勒对伊南娜进入冥界感到愤怒。

哈托尔的
另一个自我

"太阳神"拉是众神之王，受到了一群想要推翻他的统治的人类的威胁。拉思考了很久才想出制服人类的方法。

其实是拉的一只眼睛为他想出了办法。拉从自己的脸上摘下一只眼，施法将其变成了一位牛首人身的女神。她就是"爱神"哈托尔。拉告诉哈托尔："你的职责就是去惩罚那些背叛我的人类，把他们找出来，统统消灭掉。"于是，哈托尔离开了，去诛杀那些叛变的凡人。

哈托尔挨个追踪，并把他们一个个杀掉，但这一次又一次的杀戮改变了女神。每当她杀人时，她就完全变了副模样，变成了狮首人身的战争女神——塞赫麦特。

哈托尔成为塞赫麦特时发现自己喜欢鲜血的味道，即使已经完成任务，她也决定继续她的暴行。

女神横扫埃及沙漠，杀了她所遇到的每一个人。拉开始担心哈托尔已经迷失了自己，不杀光所有人就不会罢休。于是，拉施以巧计试图阻止哈托尔。他先让一位祭司将上好的啤酒与碾碎的红赭石

（一种可用作染料的岩石）混合在一起。混合后的液体看起来就像鲜血一样，拉很满意。

接下来，拉派他的追随者在塞赫麦特途径的田野处倒上了七千罐红啤酒。当塞赫麦特到达这片田野，看到她以为是鲜血的红色酒液时，她猜想这里必定刚结束了一场战斗。

她开心地喝起血来，然而酒的味道却令她惊讶。

"这是什么液体？"塞赫麦特高声问道，"这不像我以前尝过的血的味道。"

听到她的疑问，一直等在一旁的拉现身了。"这是一种只有人类才能制作的酒。"他解释道，"但如果你把他们都杀了的话，他们就再也无法做出这种酒了。"

塞赫麦特回答："那我再也不杀他们了，因为这酒可比血美味多了。"在拉面前，塞赫麦特再次变回了哈托尔，她的暴行终于彻底结束了。

阿娜特的朋友

阿娜特是战争女神，也是天气之神巴卢的好朋友。有一天，她接见了巴卢的使臣。

巴卢最近在战斗中赢了海神亚姆。使臣此番前来就是为了邀请阿娜特与巴卢一同庆祝胜利。阿娜特答应了，当她到达时，巴卢热情地迎接了她。他们在晚宴中交谈了一会儿，但阿娜特注意到，他们聊得越深入，巴卢的情绪似乎就越低落。她问道："朋友，告诉我，你取得了这样的胜利，为何还会如此悲伤？"

巴卢叹了口气。他解释道："我希望拥有一座属于自己的宫殿，就像其他神那样拥有一座与自己地位相称的宫殿，而我现在居无定所。"

这个要求似乎合情合理，但身为众神之首的厄勒并不喜欢巴卢。

阿娜特想帮助她的朋友，她提议："如果帮得上忙的

话，我可以代表你去找厄勒，请求他为你建造一座宫殿。"巴卢听到这个建议，面露喜色，满是感激地同意了。

于是，阿娜特去找厄勒，但厄勒并不愿意听她的请求，把她打发走了。然而，阿娜特另外还有一番计划！她收集了一些礼物带给母神，也就是厄勒的妻子——亚舍拉。阿娜特问道："请您说服厄勒给巴卢建造一个家，好吗？像他这样的神应该拥有一座宫殿。"

幸运的是，亚舍拉不仅喜欢阿娜特，喜欢她的礼物更甚。

于是，母神答应了阿娜特的请求，去找她的丈夫商量。厄勒不忍拒绝亚舍拉，最后不得不做出妥协。他召集神匠，令他们建造一座与神的身份相称的新宫殿。这就是阿娜特帮助巴卢有了新家的故事。

巴卢终于有了自己的宫殿，他高兴极了。

独一无二的女神

有一些女性神灵无法轻易归类。她们通常守护一些特定的领域，而这些领域在其他文化中并没有同类神灵守护。从肥料到门上的铰链，这些女神守护着人类生活中最细枝末节的方面。

阿克索玛玛

Axomamma

来自：印加人

阿克索玛玛是印加神话中的马铃薯女神，也是地母帕查玛玛的女儿。印加人生活在秘鲁，这里也是马铃薯的起源地。

卡尔德娅

Cardea

来自：古罗马

卡尔德娅是古罗马的铰链神，她的重要职责是放人进入家宅和其他住所。

特拉索莉捷奥特莉

Tlazolteotl

来自：阿兹特克人

特拉索莉捷奥特莉是阿兹特克神话中的一位女神，掌管诸多事务，其中包括肥料。她吃下尘土，滋养庄稼作物的生长，此外，她还负责照顾分娩中的妇女。

紫 姑

Zigu

来自：中国

紫姑作为中国古代的六位家神之一，是主管茅厕的女神。她原是一位惨遭杀害的普通女子，后来成了厕神。

午夜洗衣妇

Les Lavandières

来自：凯尔特

"午夜洗衣妇"来自凯尔特神话，由三位女神组成，她们被人们描绘成年老的洗衣妇。午夜洗衣妇专洗那些将死之人的衣物，甚至会预言人们的死亡。

紫姑归来

　　从前，一位名叫子胥的男子恋上了家中的婢女，这位妙龄女子名叫紫姑。

　　然而，子胥早已娶妻，妻子名为曹氏，曹氏十分憎恨紫姑。正因如此，从清理猪圈到洗刷茅厕，曹氏总是给紫姑安排家中污秽的杂役。

　　对曹氏而言，只把粗活重活分给紫姑并不解恨。她越来越愤怒、嫉妒，有一天她终于发作了。曹氏趁紫姑洗厕所时悄悄走到她身后对其下手，当场就把紫姑杀死了。

　　正巧，一位天符使者目睹了紫姑惨遭杀害的经过，曹氏对此毫不知情。

　　天符使者垂怜这位可怜的年轻女子，她什么也没做，只知道勤恳侍奉一大家子。"我将封你为神，"天符使者对紫姑的魂魄说，"你永远不会被遗忘。因为你生前从未得到过尊重，所以从今往后，世间的凡人每年都会在这一天悼念你。"

从那时起，每当农历正月十五日到来时，全国各地的人都会站在茅厕或猪圈旁，迎请紫姑的灵魂进入自己家中。

人们向这位年轻女子的灵魂敬献美酒和佳果。

紫姑一到，她载歌载舞，为请她的主人家助兴。最后，每个人都会向紫姑询问来年的凶吉，紫姑也会帮他们预测未来。正如天符使者所承诺的那样，被封为神的紫姑受到了作为凡人时从未有过的尊崇。

每年到紫姑的忌日，人们都会邀请她的灵魂回到人间。

魔法生物

精灵仙子、美人鱼、女巫和变形者——有许多神奇的存在都变身成了女性的样子。她们在凡间生活，与人类打交道，但是使用自己的法力行善还是作恶，这完全取决于她们自己。

　　你即将要见到的这些生物拥有常人无法企及的神通。但还是有一些聪明的凡人能够以智取胜，打败她们。

仙女与自然精灵

从茂密的森林到白雪皑皑的高山，这个世界充满奇迹。所以，传说之中有许多居住在且守护着这些魔幻之地的精灵仙子，也就不足为奇了。

布罗德薇德
Blodeuwedd
来自：威尔士

在威尔士的传说中，魔法师用绣线菊和金雀花创造了布罗德薇德。她嫁给了英雄鲁尔·劳，这个男人曾被诅咒永远不能娶人类女子为妻。然而，他却遭到了布罗德薇德的背叛，作为惩罚，他把布罗德薇德变成了一只猫头鹰。

西卦帕豹
Ciguapa
来自：多米尼加

西卦帕豹是多米尼加共和国山区和森林中的神话生物。它们酷似女性，以美貌、蓝色的皮肤以及向后长的脚而闻名。

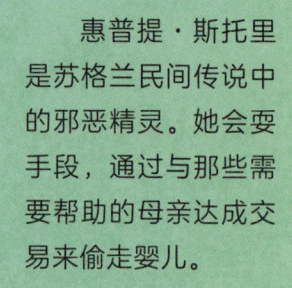

惠普提·斯托里
Whuppity Stoorie
来自：苏格兰

惠普提·斯托里是苏格兰民间传说中的邪恶精灵。她会要手段，通过与那些需要帮助的母亲达成交易来偷走婴儿。

里安农

Rhiannon

来自：威尔士

在威尔士神话中，里安农是仙女中的女王，她聪明绝顶，与马有着千丝万缕的联系。众所周知，她坚持不嫁，除非遇到心仪之人。

瓯姬

Âu Co'

来自：越南

瓯姬是越南传说中住在山里的仙子。她四处旅行，用自己的医术治病救人。

大山妈妈

La Madremonte

来自：哥伦比亚

大山妈妈是哥伦比亚传说中的复仇精灵。她保护森林以及森林里的动物，并惩罚那些伤害它们的人。

71

里安农的婚礼

很久以前，仙女里安农被许配给了一个名叫古奥尔的男子。然而，里安农对古奥尔毫无感情。她只想嫁给德韦达的王子——普伊尔。

里安农隐身在普伊尔身旁观察了好几个月。忽然有一天，她决定在普伊尔面前现身。普伊尔坐在一个神奇的土丘上，有人告诉他，这个土丘会让足够有价值的人看到一些奇妙的东西。在他的注视下，里安农出现了，她骑在一匹高大的白马上，身披华丽的金色长袍。普伊尔王子心下便知，这就是他命中注定要娶的女人。

普伊尔王子飞身上马，试图追赶骑在马上的里安农，但无论他骑得多快，他总与前面的里安农保持着相同的距离。普伊尔喊道："请等等我！"

听到他的呼喊，里安农勒住了她的白马。

"当然可以。不过我想，如果你早一点叫住我，你的马会对你感激不尽的。"她笑着说，并朝着他那匹筋疲力尽的坐骑扬了扬下巴。

普伊尔问道："告诉我，你为何来到此地？"

里安农回答："我的父亲将我许配给了一个我不爱的男人，但勇敢的王子，我愿你能成为我的丈夫。"

普伊尔大喜过望，大声说道："当然，我一定会娶你！"

于是，两人定下婚期，正好是一年后的这一天，他们坐在一起尽情享用宴席上的美味佳肴，然后携手步入婚姻的殿堂。然而没过多久，一位不速之客闯入了他们婚礼的现场。这位陌生人对普伊尔说："我来这里是为了请你帮忙。"

普伊尔回答："请讲，如果在我的能力范围之内，我乐意帮忙。"

他的话音刚落，里安农就开始咕哝。她不满地说："为什么你连他的意图都没搞清楚，就做出这样的承诺？你犯了一个愚蠢的错误。"

普伊尔惊呼："为什么？这个男人是谁？"

"我是古奥尔，"这位陌生人回答，"我想娶里安农为妻。"

此时，普伊尔已经当着皇室的面许下了承诺，他必须信守诺言。幸运的是，里安农有了主意。"拿着这个，"她边说边递给普伊尔一个小袋子，"在我和古奥尔成婚当日，你向他提出请求，请他用这个袋子装满食物。这个袋子具有魔力，永远也装不满。当古奥尔变得不耐烦时，你再告诉他，这个口袋可以装得下全世界的食物，除非有贵族肯钻到袋子里把里面的东西压扁。当他照做时，你赶紧把袋子倒过来绑紧，把他困在里面。"

到了古奥尔和里安农举行婚礼的那一天，普伊尔按照吩咐带着魔法口袋来到了婚礼现场。"请允许我把一些你们婚宴上的食物装到我的袋子里。"普伊尔请求古奥尔。这似乎是件小事，古奥尔立马就答应了。不过，当古奥尔看到普伊尔不停地从他们的餐桌上拿走越来越多的食物时，他极为震惊。古奥尔质问："你的袋子什么时候才能装满？"

普伊尔照着里安农的话对古奥尔说了一遍，古奥尔马上主动请缨，立刻钻进了口袋。

然而，当古奥尔的脚刚踩上食物时，普伊尔就把口袋翻过来，并在上面打了个死结。"放我出去！"古奥尔在里面喊道。

里安农说："只要你答应让普伊尔和我结为夫妻。"

"好！"古奥尔高喊着，意识到自己已被打败。于是，就在当天晚上，里安农和普伊尔王子坐下来享用他们的婚宴，这一次，没有什么能阻止他们成婚了。

普伊尔把袋子翻转过头顶，把古奥尔困在了里面。

惠普提·斯托里的谜题

惠普提·斯托里是一个很难对付的精灵。不幸的是,有一位年轻的妇女在遇到困难时碰到了这位精灵。

这名年轻的女子被丈夫抛弃了。除了婴儿,丈夫只给她留下了一头珍贵的猪。然而,有一天早上,这头猪生病了。"这头猪是我的全部。"这位女子大哭道。

一个嘶哑的声音说:"让我来帮忙吧。"这名女子转过身,看到谷仓门口站着一位上了年纪的女人。

"只要你能帮我,无论你要什么,我都会给你!"年轻女子哀求。她不知道自己此时正在跟一位精灵说话。

于是,这位精灵跪在猪的身旁,低声念了几句咒语。

随着一声响亮的哼唧,这只猪四肢着地又站了起来,随即在谷仓里四处走动,简直就像一头刚出生的猪一样健康。精灵说:"既然我已救下你的猪,那我就把你的孩子带走吧。"精灵指着女人怀里的孩子说。

"我的儿子可不行!"女人大喊道。

"是你许诺说随便我要什么都可以。

但是，根据我们的族规，在我带走你的孩子前，要给你三天时间。在此期间如果你能猜出我的名字，那么你就可以将这个孩子留下。"精灵说完这些话便消失了。

那天晚上，这名年轻的女子几乎整夜无法合眼，于是她决定一早去附近的森林走走。走着走着，她听到前面不远处有人在唱歌，唱的内容着实让她大吃一惊。

那个歌声唱道："那个女人永远也猜不到我的名字，因为我是惠普提·斯托里。"

她是个精灵！女人像兔子一样飞奔回家，等了两天，精灵如约而至。精灵走过来大声说道："是时候把你的孩子交给我了。"

"惠普提·斯托里，我可不这么想！"女子高声说道。精灵一听到自己的名字，就尖叫着逃跑了，年轻女子和她的孩子再次过上了平静的生活。

惠普提·斯托里治好了女子的猪，并索要她的儿子作为回报。

萍柯亚
Pincoya
来自：智利

萍柯亚是一条美人鱼，她生活在智利附近奇洛埃岛周围的海域。她为当地人提供鱼类。

美人鱼与水精灵

从海洋到溪流，地球被各种水体覆盖着。人们相信在水的深处生活着众多生物，其中包括水精灵和长着鱼尾的美人鱼。

伊爱娃
Iara
来自：巴西

伊爱娃是巴西的美人鱼，长着一头绿色的长发，她曾被自己家族中的男人所背叛。所以，伊爱娃用迷人的歌声引诱男人溺水。

美露莘
Melusine
来自：法国

在法国传说中，美露莘是一位水妖，是仙子普雷西娜的女儿。她的母亲诅咒她在每周都有一天会长出一条蛇的尾巴。

78

帕妮亚
Pania
来自：毛利人

帕妮亚是栖息在新西兰北岛海岸的美人鱼。她嫁给了一个毛利人，但最终还是回到了她水下的族人身边。

利里俄佩
Liriope
来自：古希腊

利里俄佩是古希腊神话中被称作"那伊阿得"的水泽之灵。水泽之灵生活在河流、湖泊和溪流之中，并负责照看这些水体。她是美少年那耳客索斯的母亲。

玛曼·德洛
Maman Dlo
来自：特立尼达和多巴哥

玛曼·德洛意为"河流之母"，是加勒比地区的水精灵。她的腰部以下长的不是腿，而是一条巨大的蛇尾。

79

被背叛的帕妮亚

在新西兰北岛的海洋之中,生活着一条名为帕妮亚的美人鱼。每天晚上,她都会游到岸边,抬头仰望天上璀璨的繁星。

一天傍晚,帕妮亚浮出水面,躲在一大丛亚麻长长的叶子下休息,这时一个男人发现了她。他是当地的酋长,长得非常英俊。帕妮亚不由自主地被他的笑容迷住了。

当晚,帕妮亚就跟着酋长回到了他的家中,并在那里结为了夫妻。

虽然帕妮亚和酋长深爱着彼此,但每当旭日东升之时,帕妮亚就会回到波涛汹涌的海底,只有等到夜幕再次降临时才会回到岸上的家。

几个月后,帕妮亚产下一子,并为他取名"莫尔莫尔"。起初酋长非常高兴,但没过多久他就开始担心自己的儿子会被帕妮亚在海下的族人夺走。他向部落中的一位长者求助,询问

趁帕妮亚和莫尔莫尔睡着时,酋长将煮熟的食物放在他们身上。

如何才能避免这种情况发生。这位长者说:"只需在你的妻儿睡觉时,把煮熟的食物放到他们身上。这样他们就再也不会离开你了。"

酋长照做了,但是他犯了一个错误。

他放在帕妮亚和莫尔莫尔身上的食物并没有完全煮熟,因此没有产生效果。第二天一早,帕妮亚醒来时,她意识到自己的丈夫辜负了她的信任,很是悲伤,帕妮亚知道是时候离开了。当晚,她带着莫尔莫尔离开了家,酋长从此再也没有见过他们。

美露莘的诅咒

美露莘是仙女普雷西娜的女儿。美露莘十五岁时触怒了普雷西娜。于是，普雷西娜对自己的女儿施了一个她无法对外人诉说的诅咒。

几年后，美露莘正在渴望之泉中划船，享受着这个阳光明媚的日子。突然有个骑着马的年轻人过来了，他说："你好，小姐。我是普瓦图的雷蒙德伯爵，请问姑娘的芳名是什么？"

美露莘觉得这位伯爵非常英俊，于是高兴地把自己的名字告诉了他。

这对年轻人聊了一整天，发现彼此有很多共同点。雷蒙德很快就向美露莘求婚了。"雷蒙德，我一心只想嫁给你，"她说，"但你必须答应我一件事。"

雷蒙德脱口而出："什么事都行！"美露莘答道："无论如何，你都不能在星期六来看我，而且你也不能问我原因。"

这么一件看似微不足道的事，雷蒙德当然连想都没想就答应了，于是两人很快就结了婚。雷蒙德曾一度信守着承诺，但随着时间的推移，他对妻子的请求越来越好奇。

最终，他耐不住好奇心的驱使，决定窥探美露莘的秘密。

雷蒙德悄悄溜到妻子的房间，把门推开了一条缝。眼前的景象令他大吃一惊。他的妻子腰部以上还是美露莘，但双腿已变成了一条巨大的蛇尾，背上还长出了皮质的翅膀。雷蒙德闯进去与她对峙。他吼道："原来你是一条蛇！"他愤怒的样子吓坏了美露莘。

"是的，现在你知道了我的秘密，而我也知道了自己的丈夫实际上有多么不值得信任，"美露莘哭喊着，"正因为这样，我必须离开。你以后再也不会见到我了。"于是，美露莘离开了她的丈夫，再也没有回来。

玛曼·德洛的妖术

特立尼达和多巴哥境内的河流由一位强大的精灵守护着，这位精灵名叫玛曼·德洛。她保护着这里的河水和水中的动物。

玛曼·德洛的上半身是一位披着长发的老妇人，皮肤上布满文身，下半身则长着一条巨蟒的尾巴。她生活在水里，守护着她的王国，以防任何不速之客的打扰。

一天早晨，玛曼·德洛听到水面之上有人在唱歌。她悄悄接近水面，想看看究竟是谁打扰了她，原来是一个年轻女人正在附近的一块岩石上用棒槌捶打衣服。"是谁的歌声如此美妙动听？"玛曼·德洛用沙哑的声音问。

"谁在那儿？"那个女子结结

巴巴地问道,"我是蒂·让娜。"

听到这话,玛曼·德洛从水下浮了上来。玛曼·德洛的突然出现把这位女子吓了一跳,但女子立刻认出了她。玛曼·德洛摆动着她的蛇尾,用嘶哑的声音说道:"蒂·让娜,你可真美。"

玛曼·德洛说话的嗓音伴着她下尾的摆动,对蒂·让娜产生了催眠的效果。

慢慢地,蒂·让娜开始蹚入水中,朝玛曼·德洛走去。当她走到水的深处时,水精灵拍打着她的尾巴,掀起的巨大浪花向这位年轻的女子袭来。最后,当水波没到蒂·让娜的鼻子时,玛曼·德洛再次开口:"蒂·让娜,你要在水里陪着我,为我歌唱。"突然,玛曼·德洛挥挥手,把蒂·让娜的双腿变成了一条长长的鱼尾。

就这样,蒂·让娜陪伴着玛曼·德洛在水底生活了很多年,和河里的其他精灵一起玩耍嬉戏,帮助守护她们的家园。

当玛曼·德洛在水中摆动她的蛇尾时,一波接一波海浪冲向蒂·让娜。

格里姆希尔德
Grimhild
来自：北欧

在北欧神话中，格里姆希尔德不仅是一名女巫，还是勃艮第的王后。她有四个孩子，其中两个孩子在她魔法的帮助下嫁给了英雄。

芭芭雅嘎
Baba Yaga
来自：斯拉夫人

芭芭雅嘎是东欧斯拉夫民间传说中的女巫。她居住在森林中一间具有魔法的房子里，这间房子长着一对巨大的鸡脚，可以四处走动。

美狄亚
Medea
来自：古希腊

在古希腊神话中，美狄亚是科尔喀斯地区的公主。同时，她还是一名神通广大的女巫，她利用自己制药的能力帮助了英雄伊阿宋。

世界上几乎每个地区都有关于女巫的故事，她们中有不少人会施展魔法或煮制药水。这些女巫有好有坏，或游走于善恶之间，但她们都会魔法。

女 巫

86

莫甘娜
Morgana
来自：威尔士

莫甘娜是一名女巫，可能是传说中英国统治者亚瑟王同父异母的姐姐。有时她用法力做好事，有时也用法力做坏事。

莉莉丝
Lilith
来自：犹太人和美索不达米亚

对古代的美索不达米亚人（包括阿卡德人和苏美尔人）来说，莉莉丝是一个长着翅膀的恶魔。在一些犹太教的文本中，她是世间的第一个女人，后来变成了一个吸血的女巫。

卢策尔夫人
Lutzelfrau
来自：德国

卢策尔夫人是德国民间传说中的女巫。当12月13日圣露西亚节到来时，她会走访有孩子的家庭，用礼物奖励那些表现好的孩子。

87

芭芭雅嘎的家务活

在森林深处，有一间不同寻常的小屋，它耸立在两根细长的鸡脚上。这是女巫芭芭雅嘎的小屋。

芭芭雅嘎会许多魔法。她最喜欢坐在她那巨大的石臼上，手中挥舞着杵，在丛林中穿梭。因为她一个人住，很少有人登门拜访，所以到处都有关于她的谣言。

甚至，有人说她会把小孩子做成晚餐吃掉。

有一天，当芭芭雅嘎回到家里时，发现屋里站着一个手里拿着洋娃娃的小女孩，她感到很惊讶。"你是谁？"芭芭雅嘎咆哮着问道。

"对不起，打扰了，"女孩回答，"我叫瓦西里萨，我的继母让我来找你取点火。"

芭芭雅嘎眯起双眼说："我知道了。好吧，如果你能为我做家务，把我的房屋打扫干净，帮我洗衣服，为我做晚饭，我就把火给你。如果你不能完成，那我就会把你吃掉。"

瓦西里萨答应了下来。第二天一早，当芭芭雅嘎飞去做女巫的分内之事时，这个女孩也开始工作。但她很快就发现一个人根本做不完这些家务活。"我该怎么办呢？"瓦西里萨对着她的娃娃哭诉，这个娃娃是亲生母亲送给她的礼物。

她的娃娃回答说："瓦西里萨，别哭，去做晚餐，相信一切都会好起来的。"

瓦西里萨瞪大了双眼凝视着她的娃娃，但眼下并没有更好的选择，她就按照娃娃的嘱咐去做了。令她感到不可思议的是，当她做完晚餐后，一转身便发现小屋已经被打扫得干干净净，衣服也已经挂好晾干了。

瓦西里萨流下了幸福的泪水，紧紧抱住了她的娃娃。

最后，芭芭雅嘎回来了，她原以为小女孩一定做不完那么多家务活，正期待着用小女孩做成的美味大餐，结果却发现所有的家务活都已经做完了。"出去，给我出去！"这位女巫大吼道，为小女孩用自己的聪明才智战胜了她而懊恼，"还有，把火带走。"她随手抓起一个满是火焰的骷髅头，朝小女孩扔了过去。

瓦西里萨毫不犹豫地接住了骷髅头，把她的娃娃紧紧抱在胸前，头也不回地跑掉了。

美狄亚的魔法

在古老的科尔喀斯，住着一个名叫美狄亚的公主。她不仅是国王埃厄忒斯的女儿，还是一位神通广大的女巫。

在整个亚洲和欧洲，没有任何人的制药技艺能比得过美狄亚。然而美狄亚的父亲却一直低估她，日后他会为这件事而后悔。

有一天，科尔喀斯的市民们发现一艘陌生的船停泊在港口。他们看到很多水手下了船，带头的是一个穿着华丽刺绣衣服的男子。这名陌生男子肯定是船上的指挥官，他让身旁的科尔喀斯人带他去皇宫。就这样，他来到了国王的面前。国王用低沉的嗓音说道："我是埃厄忒斯，这片土地的国王。"

"埃厄忒斯国王，"陌生男子回应，"我叫伊阿宋，是阿尔戈号的船长，从希腊远航而来，前来向您讨要金羊毛。"

埃厄忒斯笑了。他的金羊毛是一件用纯金打造的公羊毛外套，价值连城，而且伊阿宋并不是第一个冒险来找他索要金羊毛的人。

埃厄忒斯说："伊阿宋，今晚和我的家人共进晚餐吧，我们

来讨论你的请求。"

晚上，埃厄忒斯和他的家眷在宴会厅与客人享用晚宴，其中包括美狄亚。美狄亚公主一下子就被伊阿宋迷住了。她并不知道，这是顽皮的爱神厄洛斯在捣乱。厄洛斯正藏在看不见的角落，拉紧弓弦瞄向公主。

爱神厄洛斯猛地放出一箭，正中美狄亚的心房。

厄洛斯的箭可不是普通的箭，它会使中箭之人爱上第一眼看到的人。对美狄亚来说，这个人便是伊阿宋，她整晚都在和伊阿宋说话。就在这时，国王埃厄忒斯提出了一个建议："伊阿宋，如果你能给我的公牛套上挽具，并在宫殿外的地里种下龙齿，我就把金羊毛给你。"

这两个条件听起来十分简单，伊阿宋便答应了，但美狄亚十分清楚父王耍的花招。

当天夜里，当伊阿宋在火堆旁休息时，美狄亚从自己的房间悄悄溜了出来去找他。

厄洛斯的箭射中了美狄亚，让她爱上了伊阿宋。

公主低声说:"伊阿宋,你要当心!那些公牛会喷火,当你种下龙齿后,全副武装的战士会从地下冲出来攻击你。"

伊阿宋惊恐万分,问道:"美狄亚,谢谢你提醒我,但你为什么要告诉我这些呢?"

"因为我爱你,想和你私奔。作为交换,我会帮你完成父王交给你的任务,"她回答道,并递给伊阿宋一个小瓶子,"这是我自己煮的一种药水,把它涂在你的盾牌和盔甲上,公牛的火焰将无法摧毁它们。当战士们出现时,你只需把一块石头扔到他们中间,他们就会互相攻击。"

伊阿宋也爱上了美狄亚,承诺带她去希腊并娶她为妻。

第二天,伊阿宋按照美狄亚说的做了。他的盔甲和盾牌有了魔法防护,火焰烧不到他,他给公牛套上了挽具,然后施计令战士们相互厮杀。

当伊阿宋走近时,埃厄忒斯的公牛向他喷射火焰。

伊阿宋完成了任务，国王埃厄忒斯对此怒不可遏。埃厄忒斯坚信伊阿宋肯定使用了某种手段，但又不知道究竟是怎么回事。他从未怀疑过他的女儿，只想保住自己的金羊毛，他看着伊阿宋，露出一抹狡黠的笑。"正如我先前承诺的，你可以得到金羊毛，它就在那边的山洞中，由龙看守着。"说着，埃厄忒斯指向了科尔喀斯山脉。

伊阿宋在旅行中遭遇过许多怪物，但他没有见过龙。

美狄亚知道该怎么做。他们两人一起走到洞穴处，美狄亚朝空中喷洒一种药水，让龙陷入了酣睡。伊阿宋不再怕自己会被这头野兽吃掉了，于是他取走了金羊毛。后来，伊阿宋和美狄亚逃到了船上，扬帆起航，准备下一场冒险。

斯特里格

Shtrigë
来自：阿尔巴尼亚

斯特里格是阿尔巴尼亚民间传说中的女巫，她像吸血鬼一样吸食鲜血。这些女巫在夜晚化身成苍蝇、蛾子之类的虫子，到处乱飞。

洛乌希

Louhi
来自：芬兰

在芬兰的民间传说中，洛乌希既是一位女巫，也是波赫约拉领地的女王。她的法力使她能够变化为各种样子，其中包括鹰。

塞芙

Sadhbh
来自：爱尔兰

塞芙是爱尔兰的一位女子，她因拒绝一名德鲁伊（祭司）的求婚而两次被这个怀恨在心的德鲁伊变成一头鹿。当她变回人形时，她爱上了英雄芬恩，并与他生下了一个儿子——奥西恩。

变化身形的精怪

在世界各地的民间传说和传奇故事中，存在着一些可以变化身形的女性人物，尽管有些人是被外界的力量变成现在的模样的。在人类的外表下，这些可以变化身形的精怪经常隐藏自己的动物原形。

94

海豹人
Selkie
来自：苏格兰

海豹人是苏格兰传说中生活在海里的生物。它们在水中是海豹，但可以褪下海豹的表皮，现出人形。

白娘子
Lady Bai
来自：中国

白娘子是中国民间传说中的人物，它原本只是一条蛇，修炼了数千年，才把自己变成一名女子。

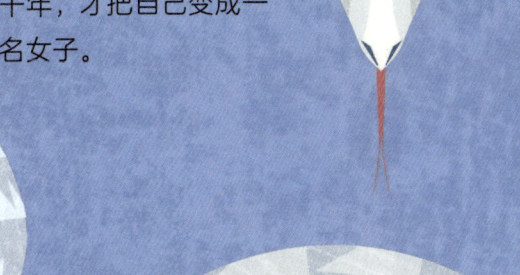

库－钦－达－嘎雅
Ku-Chin-Da-Gayya
来自：豪萨人

库－钦－达－嘎雅是西非、中非豪萨民族传说中一个会变身的女人，她能变成苍蝇和鸟类等各种动物。

狐妖
Kitsune
来自：日本

狐妖是日本传说中会魔法的生物，它们看起来像狐狸，有九条尾巴。狐妖可以变成人类，它们经常变成美丽的女人。

白娘子报恩

从前，有一条小白蛇栖息在湖底。有一天，一个饥肠辘辘的男子在湖边钓鱼，当他钓起这条蛇时，他高兴坏了。

这一切被另一位年轻男子看在眼里，他对这条蛇产生了怜悯之情。于是，他用一百枚铜币换回这条蛇，便把它放生了。

在之后的一千七百年里，这条蛇每天都在修炼自己变形的法力。

日子一天天过去，这条蛇变得越来越大，它修炼出了变幻出不同身形的能力，其中包括女人的模样。她变成女人后，为自己取名为白娘子。

蛇变成白娘子后，得到了"众神之后"王母娘

王母娘娘在白娘子面前现身。

娘的召见。王母娘娘告诉她："先前救你性命的那个人早已投胎转世，现在他名叫许仙。你必须找到他，报答他的救命之恩，到时候你就可以位列仙班了。"

于是，白娘子即刻启程，几天之后，终于在雷峰塔找到了这位名叫许仙的男子。当许仙看到白娘子时，并没有认出眼前之人就是他前世救下的那条蛇，许仙邀请白娘子同坐一条船游玩。白娘子欣然接受，他们二人在旅途中相谈甚欢。

令白娘子不可思议的是，她很快就发现自己爱上了眼前这个既慷慨又英俊的男子。

许仙也爱上了白娘子，于是两人决定结婚。几年后，白娘子发现自己怀有身孕，不久她就生下了一个男孩。许仙问："我们给他取个什么名字好呢？"

白娘子回答说："在我生产前，梦见有一条猛龙守护着我。那我们就给他取名为梦蛟吧。"许仙同意取这个意思为"梦见了龙"的名字。

白娘子与许仙两情相悦并结了婚。

孩子出生后，一位名为法海的和尚登门拜访了许仙。法海知道白娘子不是普通的人间女子，一心想要拆穿她。法海对许仙说："你娶了一个妖怪，我来捉她了。"说着，他举起一个有法力的金钵。

这时，白娘子过来看丈夫这边被什么事缠住脱不开身。金钵一下子就感知到了她的存在，升到空中并悬在了她的头顶。"这太重了，"白娘子哭诉，"比泰山压顶还沉。"

在金钵的重压之下，她变得越来越小。

许仙惊慌失措地看着自己心爱的人慢慢消失了，最后只剩下金钵在地板上哐啷作响。他迅速跑过去，一把抓起金钵，发现下面有一条小白蛇。

"你对我的妻子做了什么？"他向法海哭诉。

听到了外面的动静，许仙的姐姐李夫人跑了过来，正巧看到了白娘子变成蛇的模样。

她大喊道："你对你的妻子做了什么？"

法海回答:"不要绝望,白娘子并非人类。让我证明给你们看。"

法海拾起金钵,把许仙姐弟带到了雷峰塔旁的河畔。

在那里,法海放下了金钵,白娘子的灵魂升到空中。"官人,不要哭泣,法海所说句句属实。"她说,"我来到凡间是为了报答你千年前的恩情,现在我该离开了。"

白娘子转过来对许仙的姐姐说:"请照顾好我的孩子,将其视如己出,有一天我们还会团圆的。"说完这些,白娘子就消失了。许仙全家因为失去白娘子而十分悲伤,但他们永远不会忘记白娘子。

白娘子的魂魄从金钵中升到天上去了。

海豹人的外皮

从前,有一群海豹人决定游上岸,享受沐浴在阳光中的感觉。这些生物看起来像海豹,但只要褪去海豹皮,他们就会现出人形。

这时,一个好奇的男子正躲在附近的岩石后面,看着这群在沙滩上休息的海豹人。在整个奥克尼群岛,这个年轻人是大家公认的条件最好的单身汉,迄今为止他一直拒绝结婚。不过,他发现自己对面前的一位海豹女动心了。

他从岩石后面跳了出来,把这群海豹人吓了一跳,海豹人拼命抓过自己的海豹皮,急忙跑回海里。

但是,那位海豹女不及她的朋友那般眼疾手快,她还没来得及够着海豹皮,她的海豹皮就被这个陌生人一把抢了过去。男人知道海豹人没有海豹皮就无法回到大海。海豹女恳求着说:"我求求你了,把海豹皮还给我。"

男人说:"留下来做我的妻子怎么样?"

他们就这样反复拉扯了一阵子，直到海豹女最终同意嫁给他。"我哪有什么选择呢？"海豹女心想。

这个男人和海豹女就像夫妻一样生活在一起很多年，他们共同养育了七个孩子。有一天，当男人出去钓鱼时，海豹女正在家里照顾他们受伤的女儿。海豹女在家里一边走动，一边哀叹自己找不到最想要的东西。

她的女儿问道："你在找什么呢？"

海豹女回答："一件被你父亲随意乱丢的上好的海豹皮。"

"哦，我知道在哪里。"女孩笑着说，"一天夜里，爸爸以为我睡着了，但我看见他把海豹皮放在你的床的上方。"

海豹女简直不敢相信自己有这样的好运。她冲进卧室，海豹皮果然就藏在那里。虽然她深爱着自己的孩子，但她并不属于这个世界。她立马跑回岸边，穿上她的海豹皮，回到了海里。之后再也没有人见过她。

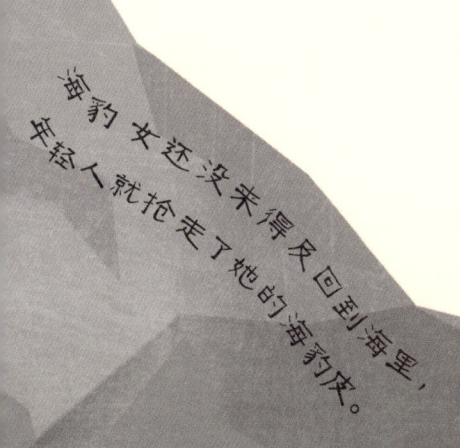

海豹女还没来得及回到海里，年轻人就抢走了她的海豹皮。

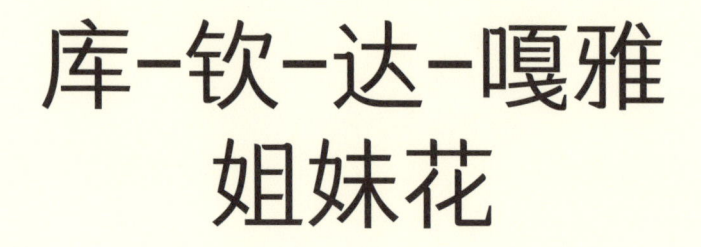

库-钦-达-嘎雅姐妹花

库-钦-达-嘎雅和她的家人生活在一起,其中包括她的姐姐。她的姐姐总是拒绝所有向她求婚的男人,直到有一天,两个神秘的男人来到了他们家中。

这两个人其实是装扮成人类的食尸鬼,他们和库-钦-达-嘎雅的姐姐之前所遇到的那些男子都不一样。这一次,她很快就同意嫁给两个人中较为年长的那位。不久之后,他们就结婚了。

婚后第四天,库-钦-达-嘎雅的姐姐就该离开自己的家了。

但是,库-钦-达-嘎雅不想离开她的姐姐。她恳求道:"让我跟你一起走吧!"

"我不能带你走。"姐姐回答,"我自己还不知道要去哪里呢。"

但库-钦-达-嘎雅并没有罢休。当他们准备离开时,库-钦-达-嘎雅把自己变成了一只苍蝇,藏在姐姐的物品之中。

当晚,三位赶路人一起安营扎寨,根本没有注意到库-钦-达-嘎雅的存在。他们安顿下来后,较为年轻的男人走到库－钦－达－嘎雅的姐姐跟前，命令道："你的丈夫命你给我们提些水来。"说完这句话，他就气冲冲地回到了他朋友身边。库－钦－达－嘎雅的姐姐不知道附近哪里有水，于是伤心地哭了起来。

库－钦－达－嘎雅听见姐姐的抽泣声后，变回了人形，走到姐姐身边。

她告诉姐姐："走到风车子灌木丛后面，你会找到一些水。"

姐姐惊讶地问道："你怎么在这里？"

库－钦－达－嘎雅回答："我不想让你一个人。"

她的姐姐很感激，去取来了水，交给那两个男人。然而到了第二天晚上，那个年轻的男人又来找她。他说："你的丈夫命你给我们取些豆子来。"

她的姐姐又开始哭了，因为现在正值旱季，根本就没有豆子。但库－钦－达－嘎雅知道该怎么做。她说："收集一些风车子灌木的果实，放进碗里，然后盖上盖子。把碗交给你的丈夫。"

她按照妹妹说的做了，当两个男人揭开碗盖时，碗里竟是煮熟的豆子！

终于，他们四个人到了食尸鬼的家。年长的男子一家兴高采烈地迎接了他们。他们很高兴他娶了一个人当妻子，甚至连妻子的妹妹也送上门来了。因为对食尸鬼来说，人类特别美味。来到新村庄的第一天早上，库-钦-达-嘎雅的姐姐派她去给田地里干活的丈夫送些食物。库-钦-达-嘎雅怀疑这些陌生人，她决定先变成一只鸟飞到上空，看看他们在做什么。

令库-钦-达-嘎雅震惊的是，她看见了这些人的真面目，他们正弯着腰吃地上的青蛙。

库-钦-达-嘎雅立即意识到姐姐嫁的是什么人。更糟糕的是，她偷听到了他们的对话，显然，这些食尸鬼想杀死这一对姐妹。

库-钦-达-嘎雅装作什么都不知道，变回了人形，走

近那些人。她送完食物后就匆匆赶回村里。"姐姐,你的丈夫是个食尸鬼!"她小声和姐姐说,生怕被人听到。"这不可能!"她的姐姐哀号,"那我们该怎么办?"

此时,库-钦-达-嘎雅心生一计。

那天夜里,等食尸鬼们都睡着后,库-钦-达-嘎雅取走姐姐的头饰和项链,把它们都戴在了姐姐丈夫的身上。几个小时后,他的母亲来了。

此时,食尸鬼母亲正打算杀了她的儿媳妇,第二天再把她吃掉。但天色已晚,她只能摸黑行事。她摸到了项链的珠子和头饰上的布,就失手杀死了自己的儿子。

第二天,当太阳升起时,昨晚发生的事一目了然,食尸鬼母亲勃然大怒。库-钦-达-嘎雅勇敢地站了出来,她说:"既然你喜欢,那就吃自己的亲生儿子吧,但我们姐妹你一个也吃不了。"说完这句话,她就和姐姐跑回了家。

凡 人

从世间的第一位女性到古代的传奇女王，从身经百战的勇敢战士到天赋异禀的说书人，这些卓越的凡间女性的故事已被传颂了数个世纪。尽管她们可能没有魔法和神力，但她们实现了令人印象深刻的壮举，使得她们的故事代代相传。

恩布拉
Embla
来自：北欧

世间第一个女人

恩布拉是北欧神话中的第一位女性。她是神灵用一棵榆树创造出来的，神灵还用白蜡树创造出了第一位男性，名叫阿斯克。

在很多文化中，最初行走在世间的人是一名男子和一名女子。这些人通常是众神用自然界中的事物创造出来的。

希尼阿胡奥尼
Hineahuoni
来自：毛利人

在毛利人的信仰中，希尼阿胡奥尼是世间的第一位女性，这个名字的意思是"从大地中形成"。她由森林之神泰恩·玛胡塔用黏土塑造而成。

潘多拉
Pandora
来自：古希腊

潘多拉是古希腊神话中的第一位女性。因为巨人普罗米修斯将火种的秘密告诉了人类，于是众神创造潘多拉，将她派往人间，携带着一个装满世界所有祸患的罐子以惩罚人类。

熊 女
Ungnyeo
来自：朝鲜

"熊女"曾是一头住在洞穴里的熊，由于她敬奉桓雄，于是被点化成世间的第一位女性。

夏 娃
Eve
来自：基督教、伊斯兰教和犹太教

许多宗教都认为夏娃是第一位女性。在基督教和犹太教中，她由第一位男性——亚当的肋骨创造而成。他们居住在一处名叫伊甸园的乐园中，直到因违反规定而被驱逐。

109

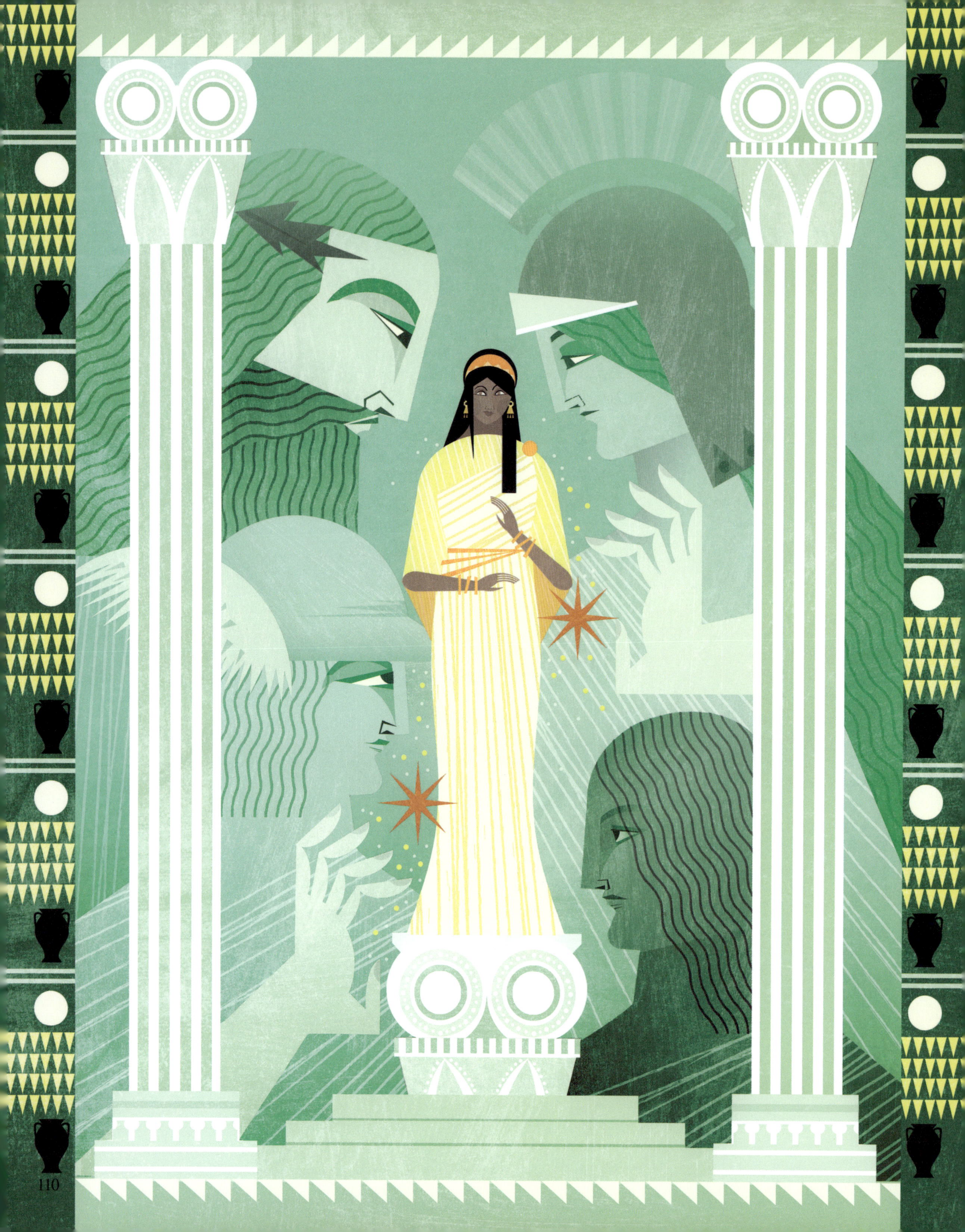

潘多拉的礼物

古希腊的众神之王宙斯对人类大发雷霆，因为巨人普罗米修斯违抗他的旨意，将火的秘密告诉了人类。

宙斯认为，人类一旦有了火就会变得强大，于是他决定给人类的生活制造一些混乱。他知道这件事必须秘密进行，否则他的计划可能会落空。一天晚上，宙斯制订了一个计划。

当宙斯准备妥当时，他召集了奥林匹斯山上的男神和女神，邀请他们来到他的宫殿，并请他们相助。他首先对铁匠神赫淮斯托斯说："我希望你创造一个凡间女子。"

宙斯所说的话令赫淮斯托斯感到诧异，因为地球上所有的人类都是男性。

然而，赫淮斯托斯点了点头，便开始工作。当赫淮斯托斯的工作完成时，宙斯转向了他的女儿，智慧与战争女神——雅典娜，下令道："女儿，给这个女人穿上最好的丝绸，并教她织布的手艺。"

雅典娜按照她父亲的要求做了。接着，宙斯让信使之神赫尔墨斯往这个女人的心中注入一点好奇的天性。最后，在赫尔墨斯完成他的任务后，宙斯上前查看他们创造的成果。

宙斯当众宣布："我给你取名为潘多拉，意思是'所有的礼物'，并将你许配给巨人厄皮墨透斯。"

潘多拉笑了笑,没有争论。她跟着宙斯去了她新婚丈夫厄皮墨透斯的家,厄皮墨透斯正好是普罗米修斯的兄弟。宙斯离开前,递给潘多拉一个罐子,他说:"潘多拉,收下这份新婚贺礼,但记住永远不要打开它。"

潘多拉不禁皱起了眉头,当她还没来得及询问为什么不能打开这个罐子时,宙斯就已经消失不见了。

潘多拉和厄皮墨透斯幸福地生活了一段时间,他们没有打开罐子。然而,在潘多拉的心中,她从未忘记罐子的存在。她的好奇心与日俱增,她想知道里面到底装着什么。这正是宙斯计划中的一部分,宙斯知道没有人能永远抵挡打开罐子的诱惑。终于有一天,潘多拉再也等不及了。她拿起罐子,拔出塞子。宙斯希望的情形一下子就实现了,因为从罐子中涌出了一切能想象到的可怕事物。

　　瘟疫、干旱、饥荒和战争都涌入了世界，曾经和平的地球充满了邪恶。

　　潘多拉一看到罐子里的东西，就明白了这是宙斯的诡计。趁其他东西逃出之前，她重新封住了罐子，困住了宙斯放进去的最后一件东西——希望。

　　希望被保留在罐子中，思维敏捷的潘多拉确保了无论日子多么糟糕，或者发生的事情多么可怕，人们总会怀揣着希望。

潘多拉赶紧把罐子盖好，以防希望逃走。

熊女的耐心

很久以前,有一头熊和一只老虎住在一个洞穴里。它们每天都向守护人类的神——桓雄祈祷,希望自己能变身为人。

桓雄被熊和老虎的执着所感动,有一天他来到凡间,以人类的形象出现在它们面前。熊和老虎看着他拿出二十瓣大蒜和一枝艾草。桓雄对他们说:"把这些吃下去,一百天不见日光,如果你们能做到,就可以变成人。"

于是,熊和老虎遵照桓雄的指示去做了。他们吃下了桓雄的赠礼,并在接下来的一百天里尽力躲避太阳。然而,到第二

桓雄把大蒜和艾草交给了熊和老虎。

十一天，老虎就因无法忍受没有太阳的日子而离开了洞穴。

最终，熊因为它的耐心获得了回报，它变成了一个女人，名叫"熊女"。

熊女很高兴自己成为人类，但她也很孤独。她渴望拥有一个孩子和自己的家庭。有一天，她坐在一棵圣树下，再次向桓雄祈愿，希望桓雄还记得自己。

桓雄的确记得熊女，他被她的祈祷感动了。熊女坚定的意志让桓雄对她刮目相看，桓雄提出想娶熊女为妻。于是，桓雄和熊女结婚了，并生下一个儿子，名叫檀君王俭。未来，他会成为朝鲜首个王朝的开国君主。

熊女变成一个女人，嫁给了桓雄。

女王

据说，一些最早的城市与文明是由声名显赫的女王们统治的，无论是独自掌权，还是与国王一同执政，这些女王都是富有影响力的人物。

伊索尔德
Isolde
来自：爱尔兰

传说伊索尔德公主是爱尔兰国王和王后的女儿。她嫁给了康沃尔的国王马克，成了王后，但她的心一直属于英雄特里斯坦。

德罗波蒂
Draupadi
来自：印度教

在印度因陀罗补罗湿多古城，德罗波蒂通过她的丈夫——国王阿周那——成了具有传奇色彩的女王。然而，阿周那只是德罗波蒂五个丈夫中的一个，因为她也嫁给了阿周那的四个兄弟。

西格丽德
Sigrid
来自：北欧

在北欧神话中，不止一位国王向西格丽德求婚，但她嫁给了瑞典国王——"胜利者"埃里克。西格丽德因智慧而闻名于世。

阿尔刻斯提斯
Alcestis
来自：古希腊

在古希腊神话中，阿尔刻斯提斯是弗里城的女王。她为救丈夫阿德米都斯而牺牲自己的性命，但也因为她的忠贞被允许从冥界返回。

狄 多
Dido
来自：古罗马

在古罗马神话中，狄多是北非迦太基城的创始人。她向当地统治者讨要了仅够一头牛的牛皮所覆盖的土地，但她将牛皮剪成条，围成一个更大的圆圈，建造了迦太基这座城市。

示巴女王
Queen of Sheba
来自：基督教、伊斯兰教和犹太教

示巴女王是传说中古代示巴王国的统治者。她因给以色列国王所罗门带来许多无价之宝而闻名于世。

阿尔刻斯提斯的牺牲

阿尔刻斯提斯是弗里城的女王,她与自己的丈夫,也就是国王阿德米都斯共同统治着这座城市。

两人结婚后过了许多年,阿德米都斯得了重病。很快,凡是见过国王的人都清楚他时日无多了。但还有一线希望。因为阿波罗神曾赐予这位国王一次免于死亡的机会,但是,这是要付出代价的。

如果有人愿意用自己的性命来换取阿德米都斯的性命,那么阿德米都斯就可以继续活着。

然而,没有人愿意代替阿德米都斯赴死。那些他过去舍命相救的人不愿意,连他的双亲也不愿意。要他们舍去生命时,每个人都退缩了,除了一个人——那就是他的妻子,阿尔刻斯提斯。

阿尔刻斯提斯和阿德米都斯非常相爱,她无法想象失去丈夫后的生活会是什么样子。阿德米都斯恳求他的妻子不要为了他而放弃自己的生命,但她不为所动。"我们的人民仍然需要你,"她坚定地说,"总有一天,我还会再见到你的。"

珀耳塞福涅被阿尔刻斯提斯对自己丈夫的爱所感动。

阿德米都斯还没来得及阻止，阿尔刻斯提斯就召唤了诸神，让她代替阿德米都斯去死。正如阿波罗早前承诺的那样，阿德米都斯活了过来，他的王后则去了冥界深处。

阿尔刻斯提斯在冥界遇到了冥后——珀耳塞福涅。

阿尔刻斯提斯与阿德米都斯在世间的故事，珀耳塞福涅一直有所耳闻，一想到他们两人要被迫分开，她就十分伤心。阿尔刻斯提斯做出的牺牲令冥后动容，她不忍心让阿尔刻斯提斯这么快就进入冥界。"不，阿尔刻斯提斯，回到人间，与你的丈夫在一起，"珀耳塞福涅说，"你做出的牺牲得到了认可，阿德米都斯会活着，你也会活着，你们二人会相伴到老。"

120

德罗波蒂的五个丈夫

德罗波蒂是国王木柱王的女儿，但她降生的方式异于常人。她的父亲一心希望能有一个强大的儿子为他打败宿敌，于是在祭祀的圣火上焚烧贡品，但德罗波蒂却从火焰中蹦了出来。

德罗波蒂长大成人后，她的父亲为了选婿而举办了一场比赛。应征者只能通过水池中的倒影来瞄准目标，他必须射出一箭穿过一条黄金打造的鱼的眼睛。挑战成功后，才能牵起公主的手。

一个又一个弓箭手接连挑战，但都没成功。最后轮到一个名叫阿周那的男人上场。他是般度五个儿子中的一个，其他四个儿子分别是：坚战、怖军、无种和偕天。

阿周那拉弓上弦，凝视着水池，放出一箭，正中鱼眼。

德罗波蒂找到她的丈夫啦！其他落选者心生嫉妒，他们袭击了阿周那和德罗波蒂。在阿周那四个兄弟齐心协力的帮助下，他们才将那些人击退，一起逃回家中。他们刚到家，阿周那就大喊："妈妈，猜猜我今天得到了什么？"

"不管是什么，要像我教你的那样，一定要与你的兄弟们分享。"他的母亲大声回答，但她并不知道阿周那说的是他未来的妻子。五兄弟不知如何是好，因为他们总是听从母亲的安排。

这时，德罗波蒂只是笑了笑。她说："你们都是勇敢的战士，我愿意成为你们每个人的妻子。"就这样，德罗波蒂一下子有了五个丈夫，而不是一个。

德罗波蒂与五个丈夫婚后的生活并非一帆风顺。在某次宴会上，坚战与另一位王子难敌一起玩掷骰子。坚战输得很惨，他已经堵上了自己的王国，接下来，他提出将自己作为下一轮的赌注。难敌又赢了一场，坚战举双手表示自己已没有什么可赌的了。"你还有你的妻子德罗波蒂，不是吗？"难敌说道。

当德罗波蒂得知她的一个丈夫在掷骰子游戏中把自己输掉时，她怒不可遏。

尽管如此，德罗波蒂还是被迫跟随难敌的兄弟难降来到了法庭。"你休想在掷骰子比赛中把我赢走！"德罗波蒂一到场便立即质问道，"坚战凭什么将我做赌注？坚战早已在比赛中输掉了自己，而且我本来就是一位女王。"

德罗波蒂的话引起了难敌的另一个兄弟奇耳的赞同，他转向法庭，问道："依你们之见，德罗波蒂是对的吗？"答案不言而明：

难降拉扯德罗波蒂的莎丽，但随着她转身，更多的布料不断出现。

德罗波蒂没错！任何人都无权用一个女人打赌，包括她的丈夫、她的父亲，甚至她的神。

这激怒了难敌，他命令兄弟难降扒下德罗波蒂的衣服令她蒙羞。然而，当难降试图抓住德罗波蒂身上的莎丽时，德罗波蒂呼唤黑天大神的保护。

无论难降如何拉扯她的衣服，布料总是层出不穷，很快，难降就筋疲力尽了。

就在此时，难敌的父母—国王和王后突然驾到。他们对儿子的行为深感震惊。王后要求道："马上放了这个女人。"

国王问道："德罗波蒂，我们该怎么补偿你呢？"德罗波蒂回答："我只要求归还我的丈夫，还我自由。"国王满足了她的愿望，就这样，她从难敌的魔掌中救出了自己和坚战。

伊索尔德的哀伤

爱尔兰曾经有一位年轻的公主,名叫伊索尔德,她的美貌远近闻名,康沃尔的国王马克决定娶她为妻。

然而,国王因政务缠身无法亲自去向伊索尔德求婚,于是他派出自己最信任的人——骑士特里斯坦,让他替自己操办此事。特里斯坦扬帆启程,很快就到了爱尔兰的海岸。但在他前去寻找伊索尔德之前,他接受了一项危险的任务。

特里斯坦听闻附近有一条龙正在恐吓当地居民。

特里斯坦比大多数人勇敢,可能还有些傻,他决定手刃这头可怕的怪兽。他带上剑和盾,爬到龙穴中。特里斯坦与龙搏斗,成功杀死了龙,但他也伤得不轻。

特里斯坦身负重伤,精疲力竭,他轰然倒下,不省人事了。与此同时,另一个男人在一旁观战,并找到了机会。他瞧都没瞧特里斯坦一眼,就割下了龙头,把它带到国王面前。"我杀了那条扰民的恶龙,"他宣称,"难

道您不应该把您的公主伊索尔德许配给我,作为对我的嘉奖吗?"

国王欣然同意了,但伊索尔德很是怀疑。因为她知道这个男人是个懦夫。所以,第二天,她带了两个朋友骑马赶往恶龙被打败的地方。

伊索尔德在那里发现了倒下的特里斯坦,她立刻明白一定是眼前这个男人拯救了他们。

伊索尔德俯身凑到这位英雄的跟前,发现他还有呼吸,这才放下心来。在朋友的帮助下,她迅速将他送回她母后的城堡。伊索尔德说:"他才是真正杀死恶龙的人,您能将他治好吗?"

王后精通医术,她开始照顾这个年轻人。几天后,特里斯坦醒了过来,他既惊讶于自己还活着,又惊讶于自己已经来到了伊索尔德的家中。

当伊索尔德询问特里斯坦的身份时,他说明了自己来到爱尔兰的原因。国王得知此事后,对那

医术高明的王后救治了特里斯坦。

个撒谎的懦夫非常生气，他相当看好伊索尔德与马克国王的联姻。

伊索尔德跟随骑士出发的日期已定，但在他们离开之前，伊索尔德的母后制作了一种特殊的药水。

这种混合成的药水可以保证令新婚夫妇坠入爱河。王后把爱情药水交给了伊索尔德的贴身女仆布兰根尼，因为她也会一同前往康沃尔，王后叮嘱布兰根尼在婚礼结束后把药水倒入新人的饮品中。

终于，他们启程了。然而，在航行途中，特里斯坦无意间找到了布兰根尼藏匿的药水。他以为那只是一瓶普通的酒，就与伊索尔德共饮了，两人立刻坠入了爱河。

在旅途中，特里斯坦和伊索尔德无时无刻不在一起，但当他们抵达康沃尔时，伊索尔德别无选择，只能嫁给国王马克。尽管如此，他们两人的情感

始终没有消失。他们每晚都会在花园相会，共度良辰。

不幸的是，他们的私会并没有躲过旁人的耳目。

很快，国王马克就召见了他们两人，问他们是否相爱。虽然他们都没有承认，但国王并不相信，特里斯坦还是被逐出了王国，并不许再见伊索尔德。

此后的多年，特里斯坦和伊索尔德都没有再见过面。

后来，特里斯坦得了重病。此时的他虽然已经结婚了，但他从未忘记伊索尔德。当他意识到自己将不久于人世时，他派人去请康沃尔的王后来医治他。

伊索尔德应使者的请求即刻动身，因为她也爱着特里斯坦。然而，她还是来晚了一步，特里斯坦已经离开了人世。伊索尔德的心支离破碎，她躺在特里斯坦身边，在他的怀中死去了。

他们被合葬在一起，他们的坟墓上长出了一棵参天大树，象征着他们永恒的爱情。

在特里斯坦和伊索尔德的坟墓上方长出了一棵参天大树。

女战士

世界各地都流传着具有传奇色彩的战士舞枪弄剑、英勇搏斗的故事，其中有不少是身怀绝技的女性。

布伦希尔德
Brynhild
来自：北欧

在北欧神话中，布伦希尔德是女武神之一。女武神，即"瓦尔基里"，是一群为奥丁和女神芙蕾雅效力的女战士。她们引导阵亡的将士前往来世。

乌杜嘉
Urduja
来自：菲律宾

乌杜嘉是菲律宾的一位传奇公主，她统治着一片名为卡卢卡里的领土。她有自己的军队，并且，她拒绝嫁给自己的手下败将。

阿塔兰塔

Atalanta

来自：古希腊

阿塔兰塔是古希腊神话中的女猎手、赛跑者和摔跤手。当她尚在襁褓之中时，就被遗弃在了森林里，但被一头熊所救，长大后，她成了这片土地上最伟大的弓箭手。

斯卡塔赫

Scáthach

来自：爱尔兰

花木兰

Mulan

来自：中国

在爱尔兰神话中，斯卡塔赫生活在苏格兰的斯凯岛上。她曾向许多伟大的战士传授作战技能，其中包括英雄库·丘林，而且她还能预测未来。

在中国的民间故事中，花木兰为了不让自己的父亲到前线行军打仗而女扮男装，替父从军。后来，她成了一名著名的女战士。

花木兰的秘密

很久以前，在中国有一位名叫花木兰的少女。她的父母有三个孩子，她是最孝顺父母的女儿。

花木兰非常爱自己的家人，这也是为什么当消息传来，说皇上正召集军队准备与敌军恶战，花木兰不由得担心起来的原因。当她查看应召入伍的士兵名单时，发现自己父亲的名字在里面。"我的父亲不年轻了，他年老体弱，身体肯定吃不消，"她哭着说，"但我没有一个正值壮年的兄长可以替他出征。"

然而，想到"兄长"二字，花木兰灵机一动。

花木兰离家后匆匆赶往东边的市场，在那里买了一匹马。然后，她去往西边的市场，在那里买了一具马鞍。接着，她到南边的市场买了一套缰绳。最后，她来到北边的市场买了一条鞭子。马匹装备齐全后，花木兰换上盔甲，从家里出发了。

花木兰已经决定了，要代替父亲去从军。现在，她唯一要做的就是假扮成一名男子。

花木兰翻山越岭，日夜兼程，终于赶上了行军的队伍。她在士兵之间往来穿梭，找到了他们的统帅，应征入伍。

十年来，花木兰和她的战友们一起浴血奋战。

她变得和军队中最强壮的人一样强壮，和军队中最快的人一样快，和军队中最敏捷的人一样敏捷。在军队里，从没有人怀疑过她的身份与她的名字不符。

终于，到了胜利的那一天，皇上召见花木兰和她的战友，让他们一同入宫。皇上对他们尽忠报国表示感谢，想尽办法进行封赏。他对花木兰说："朕听闻，你的英勇事迹已经传遍了大江南北，所以准备赏你个一官半职。"

花木兰回答说："皇恩难谢，但我只想回家与家人团聚。"皇帝点了点头。

他问道："那么，为嘉奖你的战功，我赏你一些东西如何？"

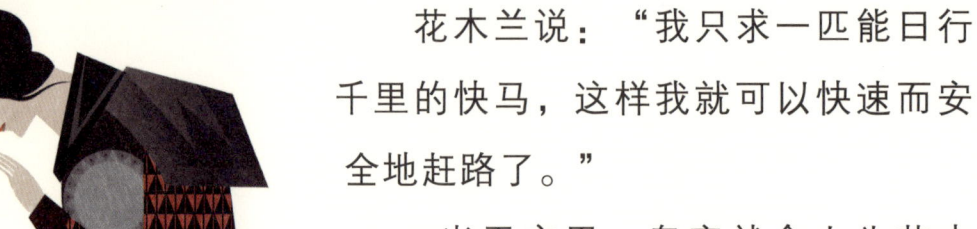

花木兰说："我只求一匹能日行千里的快马，这样我就可以快速而安全地赶路了。"

当天夜里，皇帝就命人为花木兰挑选了一匹最好的马。就这样，花木兰踏上了归途，她翻山越岭，跋山涉水。快到家时，花木兰的父母看见了策马狂奔的她。"母亲，

父亲，是我！"她从马上一跃而下，"我是木兰呀！"

"不可能，"木兰的母亲喘着气震惊地说。但当这位年轻的士兵走近时，她终于认出了女儿的脸。全家人紧紧地拥抱在一起，然后他们把花木兰领进屋，好让木兰给他们讲述战争中的经历。

第二天，花木兰穿上之前女儿家的衣服，出门去了。

她在城里遇见了一群比她晚回家的战友。但当她走近他们时，他们根本没有认出她是谁。她笑着说："是我，花木兰。"

"果真是你，"一个男人喊道，"但花木兰，你是个女人呀，还那么勇敢地与我们并肩作战。"

花木兰又笑了笑说："看来，打仗的时候，女人和男人也没多大区别嘛！"

布伦希尔德的真爱

布伦希尔德是一位女武神,她为众神效力,是一位英勇的战士。布伦希尔德每天都与敌人作战,乐此不疲,直到有一天她不小心触怒了"众神之王"——奥丁。

在一场战斗中,布伦希尔德保护了一个叫阿格纳尔的男人,原本奥丁希望这个人战死沙场。为惩罚布伦希尔德救了阿格纳尔,奥丁对她施下诅咒,他宣布:"你再也不能在战场上获胜了。而且,你必须嫁出去。"

布伦希尔德不服气,反抗道:"我只会嫁给无所畏惧的男人。"然后,她就被奥丁催眠了。接着,奥丁把沉睡的她放在一座塔楼里,就在这时,塔楼周围燃起了熊熊大火。

布伦希尔德沉睡了很久,直到英雄齐格鲁德走进了塔楼。

齐格鲁德发现了她,说:"该醒醒了。"

布伦希尔德疑惑地问:"是谁叫醒了我?"他们两个聊了很久,齐格鲁德认真地听着布伦希尔德分享她的智慧。最后,齐格鲁德询问布伦希尔德是否愿意成为他的妻子,布伦希尔德答应了。

布伦希尔德在塔里陷入沉睡,熊熊火焰守护着她。

但在他们二人成婚之前，齐格鲁德必须先去一趟格里姆希尔德女王的宫廷，他向布伦希尔德承诺自己一定会回来。格里姆希尔德是一个女巫，她希望齐格鲁德娶自己的女儿古德露恩为妻。当齐格鲁德到达她的宫廷时，格里姆希尔德女王给了他一种药水，让他忘记了自己对布伦希尔德的爱，转而答应娶古德露恩为妻。

与此同时，格里姆希尔德的儿子贡纳尔听说了布伦希尔德的本事，也想娶她为妻。但是，只有齐格鲁德能穿过塔楼周围的熊熊火焰。贡纳尔很幸运，因为齐格鲁德很乐意帮他。

齐格鲁德用魔法将自己乔装成贡纳尔，穿过火焰回到了布伦希尔德的身边。

假冒的"贡纳尔"向布伦希尔德解释说，齐格鲁德已经不爱她了，并劝她嫁给自己。虽然布伦希尔德很伤心，但还是同意了贡纳尔的求婚，于是两人结了婚，一起离开了塔楼。然而，当布伦希尔德和真正的贡纳尔在一起后，古德露恩向布伦希尔德揭穿了齐格鲁德的诡计。布伦希尔德非常愤怒，她对贡纳尔说："除非齐格鲁德死了，否则我永远不会真正成为你的妻子。"

贡纳尔不想失去布伦希尔德，于是他袭击并杀死了齐格鲁德。当齐格鲁德死亡的噩耗传来时，布伦希尔德痛不欲生，对自己的所作所为感到后悔。布伦希尔德痛失所爱，她用剑抵住胸口，结束了自己的生命，这令贡纳尔惊惶失色。

莎乐美

Salome
来自：基督教

沈 清

Sim Cheong
来自：朝鲜

莎乐美是《新约圣经》中希律王安提帕斯的继女。她曾在希律王的生日宴会上献舞，因为她跳得很好，希律王承诺会赐给莎乐美任何她想要的东西。

沈清是朝鲜传说中的一个孝女，她照顾着自己失明的父亲。为了让父亲重见光明，她甘愿牺牲自己，纵身跳进海里，但被海神救起。

不是只有女王和女战士才会在世界留下印记，还有一些具有传奇色彩的女性也因为她们的言行被世人铭记。从跳舞到编织，从治疗到讲故事，她们的技能各不相同，但都十分出色。

艺术家、表演者和治疗师

山鲁佐德
Shahrazad
来自：萨珊王朝

在《一千零一夜》这本故事集中，山鲁佐德是萨珊王朝一位讲故事的人。她的新婚丈夫，也就是国王，每天都会杀死自己的妻子，山鲁佐德为了活命，每晚都为国王讲一个新故事。萨珊王朝曾位于古伊朗境内及其周边地区。

阿拉克涅
Arachne
来自：古希腊

阿拉克涅是古希腊神话中的一名织布工，她声称自己的织布技艺与女神雅典娜不相上下。在她们同时织好一幅挂毯后，雅典娜把阿拉克涅变成了一只蜘蛛。

阿斯托拉脱的伊莱恩
Elaine of Astolat
来自：英国

阿斯托拉脱的伊莱恩是亚瑟王传说中的贵族女子，她爱上了骑士兰斯洛特。伊莱恩在兰斯洛特受伤时为他疗伤，之后因兰斯洛特拒绝娶她而伤心离世。

山鲁佐德的故事

很久以前，有一位名叫山鲁佐德的年轻女子，她是国王山鲁亚尔的大臣的女儿。她最大的乐趣就是读书。

山鲁佐德博览群书，包括历史书、神话集、历代统治者和英雄的故事。凡是见过她的人都相信，她是王国里知道故事最多的人。

国王是个不幸的人。他的妻子弃他而去，于是他决定每天早上新娶一个女人，然后第二天就把她处死。

国王的子民惧怕他，不爱戴他，但没有人知道应该如何终结他的暴政。

终于有一天，山鲁佐德去请求她的父亲。她说："我希望您把我嫁给国王，让我成为他的新妻子。"因为她不能眼睁睁地看着那么多女人成为牺牲品。

父亲恳求女儿让别人替她去和国王成亲。然而，山鲁佐德心意已决，因为她心中早已有了一个计划。在与国王成亲之前，她去拜访了自己的妹妹敦亚佐德。山鲁佐德说："这是我活在世上的最后一晚。所以，今晚我会请求国王允许你来看望我。如果他准许了，你到来后就要求我讲一个故事。"

尽管妹妹心有疑问，但山鲁佐德却不愿多做解释。山鲁佐德擦干眼泪，与妹妹相拥告别，然后和她的父亲一同入了宫。

婚礼规模不大，而且很快就结束了，不久就只剩下山鲁佐德独自一人待在国王身边。

她问道："在这最后一晚，您能允许我的妹妹来看我吗？"国王心想没有什么不妥，于是就派人去请敦亚佐德。

这位年轻的女子刚到，就遵照姐姐的吩咐说道："山鲁佐德，如果国王允许的话，请你给我们讲一个故事，好吗？"她转向国王山鲁亚尔说："您可能有所耳闻，我姐姐可是全天下最会讲故事的人了。"

国王和别人一样喜欢听故事，于是点头同意了，坐下来听山鲁佐德讲故事。

故事从一位商人和一个淘气的魔鬼开始，山鲁佐德绘声绘色，一直讲到深夜。讲完第一个故事又接着讲第二个故事，但她的故事还没有结束，太阳就升起来了。

黎明破晓时，山鲁佐德停下来，给她的听众留下了无数个问题。

敦亚佐德说："但我一定要听完后面的故事！"

山鲁佐德解释道："可我还需要一个晚上才能把这个故事讲完。"

"那就再给你一个晚上吧。"国王宣布，因为他也迫不及待地想知道接下来会发生什么。

就这样，山鲁佐德又活过了一天。到了第二天夜里，她接着讲她的故事，只是故事里的人物又开启了新一轮的冒险。

清晨，当太阳升起时，故事又没有讲完。

国王听得如痴如醉，每天晚上都恩准再给山鲁佐德一天时间，以便自己可以继续听她讲故事。

日子一天天过去，国王发现自己不仅沉迷于山鲁佐德讲的故事，同时也迷恋上了山鲁佐德。

他们结婚后已过了一千零一夜，国王焦急地坐下等待她开始讲述下一个故事。"很抱歉，我已经没有更多的

故事可讲了。"山鲁佐德说，"我的性命完全掌握在您手中。"

国王立刻明白了山鲁佐德话里的含义。然而，他已经无法想象没有妻子的夜晚了。看来，山鲁亚尔国王已经爱上了这位聪明的、会讲故事的女子。"亲爱的妻子，这不重要了。"山鲁亚尔回答，"从今往后的每个夜晚让我们共枕而眠，直到我们垂垂老去。"就这样，山鲁佐德终结了一度笼罩整个王国的恐怖氛围。

山鲁佐德给她的丈夫和妹妹讲述了一个又一个扣人心弦的故事。

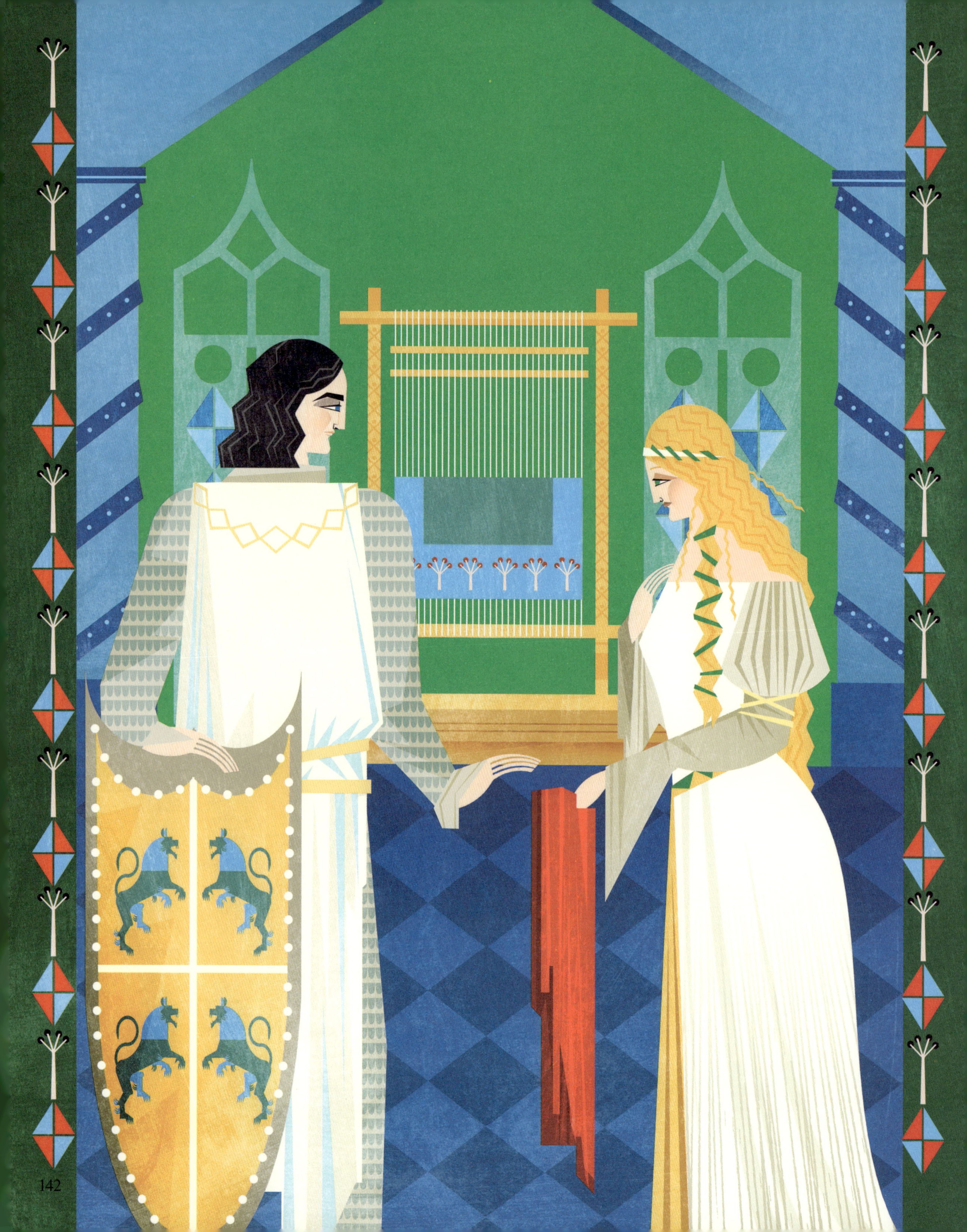

伊莱恩的信物

从前有一位名叫伊莱恩的贵族女子与家人一起住在阿斯托拉脱的城堡中。她经常独自一人在自己的房间靠编织精美的挂毯度日，直到兰斯洛特爵士来到她的家中。

兰斯洛特爵士是亚瑟王宫廷中的一名骑士，他顺道来拜访朋友，而这个朋友恰好是伊莱恩的哥哥。当伊莱恩瞥见兰斯洛特时，心中顿时对这位神秘的骑士生出了深沉而无尽的爱意。

此时，兰斯洛特即将参加当地的骑马比武，伊莱恩想给他一个幸运物，或者称之为信物，用于比赛。她鼓起勇气，走到兰斯洛特跟前，问道："你愿意收下我的袖巾，在你骑马时佩戴它吗？"说着，她拿出一条深红色的袖巾。

"当然，我很高兴。"兰斯洛特回答。

然而，兰斯洛特并不希望别人看到他戴着伊莱恩的信物，因为他已经心有所属了。

这位骑士拿出了他常带着的盾牌，请伊莱恩代为保管。兰斯洛特戴上头盔，没带自己的盾牌，他知道这样自己就不会被人认出来了。

第二天，兰斯洛特骑马去参加了比赛，击败了他的所有对手。然而，他在比赛中受了很严重的伤。于是，伊莱恩的哥哥把他带到了治疗师那里。

与此同时，高文骑士来到了阿斯托拉脱，他很好奇，想知道那位轻松击败所有人的骑士是谁。当他问伊莱恩时，她只回答说："那一定是我爱的那个人！"

骑士问道："那他叫什么名字？"

"这我就不知道了，但我可以给你看他留下的盾牌。"她回答，并为高文取来盾牌。高文见到盾牌，一下子就认出了朋友兰斯洛特的标记。

"这太可怕了，小姐！"高文感叹道，"那位骑士是我的朋友兰斯洛特。他受了重伤，命悬一线。"

伊莱恩听到这个消息后十分震惊，她恳求自己的父亲放她去找兰斯洛特。

征得父亲的同意后，她骑马踏上了寻找兰斯洛特的旅程。几个小时后，她终于看到了站在治疗师房子外面的哥哥，她知道兰斯洛特一定在里面。伊莱恩从马上一跃而下，冲进小屋，看到兰斯洛特躺在床上。

"我的爱人！"她哭着扑向他。兰斯洛特微笑着，并亲吻了伊莱恩的脸颊。

接下来的几个月里，伊莱恩一直陪伴在兰斯洛特身边。伊莱恩在兰斯洛特的病床前日夜照料，为他端茶递水。

伊莱恩悉心照料受伤的兰斯洛特，直到他恢复健康。

兰斯洛特终于康复了,他们一起回到了阿斯托拉脱。他们刚到,伊莱恩就说:"我全心全意地爱着你。既然你已经康复,你愿意成为我的丈夫吗?"

"不能,因为我从未打算结婚,"兰斯洛特漫不经心地回答,"但我每年都会为您的善良奉上一千英镑。"

这个回答令伊莱恩感到震惊,她留在兰斯洛特的身边是因为爱而不是钱。

伊莱恩悲痛欲绝,被送回自己的房间躺下。接下来的十天里,她夜不能寐,不吃不喝。最终,她虚弱得连头都抬不起来了,最后只向父亲提出了唯一的请求。"把我的故事写在羊皮纸上,"她要求,"当我离开这个世界时,请把我放在一艘小船上,让我顺着泰晤士河漂走。"然后,伊莱恩离开了人世。她的家人十分悲痛,但还是按她的要求置办了一切,伊莱恩手里紧握着她的爱情故事,顺着河水漂流而下。

关于神话

人们不停地传颂着女神、魔法生物和女英雄的故事。因此，即使是千年以前就受到人们崇奉的女神，今日的我们仍然可以了解到她们的故事传说起源于何时、何地。从古代的典籍到现代的节日，人们以各种各样的方式保存着这些女性的事迹，并且还将她们的故事继续传颂。

口述故事

不同文化将自己的故事传播开来的最重要的方式之一是口述这些故事。在公共场所，比如毛利人的"华雷努伊"（即聚会厅），就可以向所有人讲述这些故事。

图 画

数千年以来，人们一直用画笔描绘故事。这些绘画形式多样，既有挂在私人住宅里的图画，也有在公共场合展示的图画。

在澳大利亚北部，在一处现在被称为彩虹蛇庇护所的洞穴中，洞顶有一幅古老的彩虹蛇岩画。这幅画长达6米多。

分享故事

数千年来，女神和女英雄的故事一直为人们所传颂。无论是通过歌曲传唱、文字记载，还是通过画笔描绘，人们总能找到各种方法使这些故事代代相传。

这幅卷轴来自公元8世纪的中国，是唐朝时期的作品，画的是中国母神女娲和她的丈夫伏羲。

雕像与雕刻

一些艺术家用石头和金属来创作重要人物的形象。这些作品可以保存千年之久，即使在今日，也不断有古代的雕塑被发现。

维京人在巨石上雕刻文字和图像，制作如尼文石。来自瑞典塔疆维德的一块如尼文石上刻着英雄齐格鲁德骑马的造型，还有可能是皇后格里姆希尔德或战士布伦希尔德的形象。

古埃及有不少描绘狮头女神塞赫麦特的雕像。在阿蒙霍特普三世统治期间，共创作了700多座这样的雕像。这些雕像被集中摆放在一起，可能在某座神庙旁，也可能在道路两旁。

物品

女神和女英雄的形象出现在各种兼具装饰性与实用性的物品上。即使是日常用品，也可以向我们述说许多她们的故事。

印章可以在蜡或湿润的黏土上留下印记。古代美索不达米亚的许多印章上都雕刻有女神伊南娜的形象，这位女神也被称为"伊施塔"。

古希腊人常在名为"陶瓶"的罐子上绘制神话故事中的场景。这件来自公元前5世纪的陶瓶上描绘着美狄亚为丈夫伊阿宋调配青春永驻的药水的场景。

一个古代墨西哥的石雕祭坛上雕刻了一只蝴蝶，这是阿兹特克战神——伊茨帕帕洛特莉的化身之一。祭坛是用来供奉神灵的。

149

书籍与卷轴

多年来，人们书写着女神和女英雄的故事。书籍和卷轴保存了其中重要的故事，供后代阅读，尽管这些故事通常有许多不同的版本。

《马比诺吉昂》

《马比诺吉昂》是现存最古老的威尔士故事集。它的两部分分别写于13世纪和14世纪。在此之前，像里安农这样的故事都是由吟游诗人口口相传的。

《日本书纪》

《日本书纪》，即日本编年史，成书于公元720年，记载了日本的历史和神道教的故事，其中包括太阳女神——天照大神的故事。

《三国遗事》

《三国遗事》是一部关于古代朝鲜的历史和传说的合集。它由高丽佛教僧人一然于13世纪编撰而成，熊女的故事也收录其中。

《散文埃达》

《散文埃达》写于13世纪，书中有大量关于北欧神话中诸神和英雄的故事，它的部分内容取材于《诗体埃达》。

《摩诃婆罗多》

《摩诃婆罗多》是一部用梵文写成的古印度史诗。它是印度教的重要典籍,讲述了男女英雄的传说故事,其中包括德罗波蒂和般度五兄弟的故事。

《卡勒瓦拉》

《卡勒瓦拉》是埃利亚斯·伦洛特在19世纪写下的芬兰民族史诗,它讲述了世界的诞生和芬兰人民的故事。

《亡灵书》

在古埃及,人们通常会为最近去世的人制作一本"亡灵书",书中有来世的咒语。"亡灵书"的其中一个例子是《阿尼纸莎草书》,书中哈托尔以母牛的形象出现。

《神谱》

《神谱》是诗人赫西奥德创作的古希腊史诗,它讲述了世界的创造过程以及自盖亚起诸神诞生的故事。

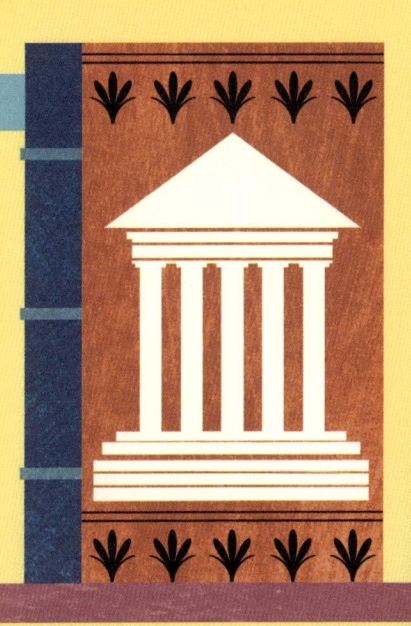

女神崇拜

数千年来，从修建庙宇到举行节日庆典，人们敬奉女神的方式各不相同。尽管这些女神来自世界不同的地域，所属不同的历史时期，但她们在各自的宗教中都发挥着重要的作用。

节日

一直以来，节日都是人们对神灵表示谢意，祈请他们赐福的重要方式。在这些节日庆典里，人们通常会聚在一起庆祝，分享食物，并进行宗教祭祀活动。

中国人会在秋季月圆之时欢庆中秋佳节。人们会向"月亮女神"嫦娥献上包括月饼在内的各种食物。

作为爱尔兰庆祝四季变化的四个古老节日之一——圣布里吉德节标志着春季的开始。每年到这个时候，人们就可以开始挤羊奶了，人们点燃篝火来纪念女神兼乳制品专家布里吉德。

萨拉斯瓦蒂节是为了纪念印度教的女神萨拉斯瓦蒂而创立的节日。这个节日庆祝春天的到来，人们通常会穿上黄色的衣服以示庆祝。

寺庙和纪念碑

人们颂扬神灵最为常见的一种方式便是建造雄伟壮观的建筑。从作为祭祀场所的庙宇和神龛，再到巨型纪念碑，这类建筑有诸多不同的形式。

伊施塔门是进入巴比伦古城的宏伟城门之一。城门上装饰着各种动物图案，其中包括象征伊施塔女神（也被称为伊南娜）的狮子。

大约在2000年前，埃及法老托勒密十二世建造了一座著名的神庙来供奉古埃及女神哈托尔。如今，它是埃及丹德拉附近发现的大型神庙群的一部分。

伊势神宫位于日本的伊势市，内宫供奉着太阳女神——天照大神，她是神道教中的重要神祇。伊势神宫是用木材建造的，每二十年就要重建一次。

153

知识加油站

阿尔巴尼亚
Albania
全称"阿尔巴尼亚共和国",位于欧洲南部的一个国家。

阿卡德人
Akkadian
古代居住在美索不达米亚地区的一个民族。

阿兹特克人
Aztec
指公元14至16世纪居住在墨西哥的一个民族。

奥克尼群岛
Orkney Islands
位于苏格兰北部,由多个岛屿组成。

奥林匹斯山
Mount Olympus
希腊东北部的一座高山,古代希腊人视为神山,希腊神话中的诸神都住在奥林匹斯山的山顶。

巴比伦
Babylon
古巴比伦帝国的首都,位于美索不达米亚地区。

巴斯克人
Basque
指居住在西班牙北部和法国西南部地区的一个民族。

波赫约拉
Pohjola
芬兰北部传说中的一个王国。

波罗的海
Baltic Sea
欧洲北部内海,位于斯堪的纳维亚半岛和欧洲大陆之间。

勃艮第
Burgundy
法国的一个地区,直到公元9世纪还是一个独立王国。

查努巴
Chanupa
拉科塔人在神圣仪式中使用的烟斗。

德鲁伊
druid
凯尔特人的宗教领袖，拥有神赋予的力量。

法老
pharaoh
对古埃及的国王的称呼。

梵文
Sanskrit
南亚的古老语言，印度教的很多经典都是用梵文写成的。

弗里城
Pherae
古希腊色萨利地区一个古老的城市。

伏都教
Vodou
又称"巫毒教"，海地的一种原始宗教，起源于非洲西部。

高卢
Gaul
欧洲古代的地名，在公元前58年到公元前51年的高卢战争中被罗马统帅恺撒征服。

格鲁吉亚
Georgia
亚洲位于外高加索西北部的国家，西临黑海。

古埃及
Ancient Egypt
大约公元前3200年至公元前30年之间存在于现代埃及及其周边地区的文明。

古罗马
Ancient Rome
大约公元前700年至公元400年之间存在的文明社会，其首都在罗马。

古希腊
Ancient Greece
大约在公元前1200年到公元600年间，由占据今日希腊的多个城邦所形成的文明。

豪萨人
Hausa
生活在西非的民族之一。

胡里人
Hurrian
西亚古代民族之一。

基督教
Christianity
世界上最大的宗教之一，起源于中东。

基拉韦厄火山
Kilauea
位于夏威夷岛的活火山。

加勒比海
Caribbean Sea
大西洋的属海，位于大、小安的列斯群岛和中美洲、南美洲大陆之间。

迦太基
Carthage
一座古代城市，后来逐渐发展成为一个帝国，位于今突尼斯境内。

精灵，仙子
fairy
在许多文化中外形各异的魔法生物，它们通常体形较小，还有翅膀。

卡卢卡里
Kaylukari
东南亚传说中的王国，由勇士公主乌杜嘉所统治。

凯尔特人
Celtic
指公元前800年至公元前50年间，欧洲各地共享一种语言的人群。

科尔喀斯
Colchis
古希腊神话中的国家，位于黑海附近。

拉科塔人
Lakota
一个北美原住民族群。

洛阿神
Lwa
海地伏都教（或巫毒教）中崇拜的神灵。

毛利人
Māori
来自新西兰和库克群岛的一个民族。

梅泰人

Meitei

指生活在印度东北部曼尼普尔邦的民族。

美人鱼

mermaid

神话中的一种生物，上半身为女性的身体，下半身为鱼尾。

美索不达米亚

Mesopotamia

古代西亚地区，位于今伊拉克境内。

冥界

underworld

根据许多宗教的说法，冥界是人死后灵魂去往的地方。

缪斯

Muse

古希腊神话中九位文艺和科学女神的通称。

那伊阿得

naiad

古希腊神话中保护林中水泽的仙女。

女巫

witch

会魔法的女性，能施法和调制魔法药水。

切罗基人

Cherokee

北美原住民的族群之一。

萨珊王朝

Sasanian Empire

波斯王朝（226—651）。阿尔达希一世（Ardashir I，226—241年在位）推翻安息王国的统治后创立，以其祖父萨珊（Sassan）得名。

神道教

Shintoism

起源于日本的宗教。

示巴

Sheba

《希伯来圣经》和《古兰经》中都提到的古老王国。

斯拉夫人

Slavic

指东欧属于印欧语系斯拉夫语族的民族群体。

苏美尔
Sumerian
位于美索不达米亚南部,苏美尔是美索不达米亚已知最早的文明之一。

所罗门
Solomon
《圣经》中以色列王大卫的儿子,在大卫死后继承了王位。

图阿萨·代·达南
Tuatha Dé Danann
爱尔兰神话中会使用魔法的一族,有时被称为仙女或神。

瓦尔基里
Valkyrie
北欧神话中的女武神,她们会把死去的战士的灵魂带到冥国。

维京人
Vikings
指公元8世纪到公元11世纪居住在斯堪的纳维亚的民族。

维纳琴
Veena
一种印度的弦乐器。

维齐尔
vizier
在古埃及和亚洲的部分地区,宫廷中册封给重要官员的头衔。

亚摩利人
Amorites
指古代居住在叙利亚和美索不达米亚南部(今伊拉克境内)的人民。

亚瑟王
King Arthur
传说中的英国古代历史人物,曾联合不列颠各部落人民抵抗撒克逊人的入侵。

伊比利亚人
Iberian
居住在欧洲西南部伊比利亚半岛上的古代民族之一。

伊甸园
the Garden of Eden
犹太教、基督教《圣经》中人类始祖居住的乐园。

伊斯兰教
Islam
世界上最大的宗教之一,起源于中东。

因纽特人
Inuit

对生活在北美洲的北极和亚北极地区的原住民的统称。

因陀罗补罗湿多
Indraprastha

般度五子所建王国的首都。

印度教
Hinduism

世界上最大的宗教之一，起源于印度。

印加人
Inca

生活在南美洲的古代印第安人。

永生
immortality

指个体永远不会死亡的能力。

犹太教
Judaism

世界上最古老的宗教之一，起源于中东地区。

约鲁巴人
Yoruba

指生活在西非的民族之一。

赭石
ochre

一种赤铁矿矿石，可作天然颜料。

Original Title: Goddesses and Heroines: Meet More Than 80 Legendary Women From Around the World
Copyright © Dorling Kindersley Limited, 2023
Text copyright © Jean Menzies, 2023
Illustration © Katie Ponder, 2023
A Penguin Random House Company

©中南博集天卷文化传媒有限公司。本书版权受法律保护。未经权利人许可，任何人不得以任何方式使用本书包括正文、插图、封面、版式等任何部分内容，违者将受到法律制裁。

著作权合同登记号：字18-2024-097

图书在版编目（CIP）数据

DK了不起的女神和女英雄/（英）琼·孟席斯著；（英）凯蒂·庞德绘；张宝元译. -- 长沙：湖南文艺出版社，2024.8

书名原文：Goddesses and Heroines：Meet More Than 80 Legendary Women From Around the World

ISBN 978-7-5726-1849-9

Ⅰ.①D… Ⅱ.①琼… ②凯… ③张… Ⅲ.①传记文学—英国—现代 Ⅳ.①I561.55

中国国家版本馆CIP数据核字（2024）第088449号

上架建议：畅销·世界神话

DK Penguin Random House

DK LIAOBUQI DE NÜSHEN HE NÜ YINGXIONG
DK了不起的女神和女英雄

作　　者：	［英］琼·孟席斯
绘　　者：	［英］凯蒂·庞德
译　　者：	张宝元
出 版 人：	陈新文
责任编辑：	张子霏
监　　制：	齐小苗
策划编辑：	盖　野
文案编辑：	王静岚
营销编辑：	刘子嘉
封面设计：	马俊嬴
版权支持：	张雪珂
出　　版：	湖南文艺出版社
	（长沙市雨花区东二环一段508号 邮编：410014）
网　　址：	www.hnwy.net
印　　刷：	北京顶佳世纪印刷有限公司
经　　销：	新华书店
开　　本：	965 mm × 1194 mm 1/16
字　　数：	125千字
印　　张：	10
版　　次：	2024年8月第1版
印　　次：	2024年8月第1次印刷
书　　号：	ISBN 978-7-5726-1849-9
定　　价：	138.00元

若有质量问题，请致电质量监督电话：010-59096394
团购电话：010-59320018

混合产品 纸张 支持负责任林业
FSC® C018179

www.dk.com

致　谢

出版商对以下人员在本书出版过程中所提供的帮助表示诚挚的感谢：阿比·马克斯韦尔（Abi Maxwell）提供编辑协助；卡罗琳·亨特（Caroline Hunt）进行校对；海伦·彼得斯（Helen Peters）负责创建索引。

关于作者

琼·孟席斯（Jean Menzies）博士开设了一档关于古典学和神话的播客，并在国外视频网站上开通了一个探讨文学和历史的频道。她向各个年龄段的听众分享关于古希腊的知识，并拥有古典雅典女性研究的博士学位。

关于插画师

凯蒂·庞德（Katie Ponder）是一位屡获殊荣的插画家，她的作品曾在英国萨默塞特府中展出，并为DK系列丛书中的《希腊神话》《北欧神话》《埃及神话》等绘制插画。芭蕾舞、鬼故事和英国皇家植物园都是她的灵感来源。

顾　问

- 米兰达·安德豪斯-格林教授
- 吉列塔·坎德拉里奥教授
- 海德·克劳福德博士
- 维克托·弗里德曼教授
- 齐奥尔扎·甘达里亚斯·贝尔达莱恩助理教授
- 埃米·富勒博士
- 朗希尔德·利约兰德博士
- 韦罗妮卡·穆斯赫利博士
- 乔治亚·佩特里杜博士
- 光夫文博士
- 乔伊斯·泰尔兹利教授
- 希拉里-乔伊·维尔塔宁副教授
- 塔米·施奈德教授